「VTuberのエンディング、買い取ります」。
MUKANAE NOA
JN019051

「みんな〜〜〜！　今日のライブに来てくれて、
本当に本当にありがとう〜〜！」

夢叶乃亜

MUKANAE NOA

ファンネーム　ノア友

身長　156cm

誕生日　2月17日

「ここで実はファンのみんなに一つ、
お報せがありますっ」
「異性の好みは……まっすぐで、優しい人かな？
あはは、普通すぎますかね」

鏡モア

KAGAMI MOA

ファンネーム　モアラー

身長　172cm

誕生日　12月18日

「夜更けのお供に【よふえる】の
はじまりはじまり～、だよ」
「もし辛いこととか悲しいことがあったら、
あたしの配信に来い。
笑わせてやるからにゃ！」

彩小路ねいこ

AYANOKOUJI NEIKO

ファンネーム　猫公務員

身長　154cm

誕生日　7月29日

六翼なこる

RIKUYOKU NAKORU

ファンネーム　なこfam

身長　145m

誕生日　9月16日

霧谷彩音《きりたにあやね》
流行好きのギャル。
海那とは高校の同級生で親友。
海那をVTuberの世界に
引き込んだ張本人。
「なに、もしかして、ミーナ、妬いてんの？」

「そんなじろじろ見ちゃだめ」
「おれは気にしない。好きに見るといい」
苅部業《かるべごう》
VTuber界限でも『乃亜推しカルゴ』と一目を置かれるほど、夢叶乃亜を推すことに青春を捧げていた少年。
小鴉海那《こがらすみな》
業の影響で乃亜を推すようになったファンの少女。乃亜炎上後、自らもVTuberになるのだが……。

CONTENTS

Purchase the Ending of VTuber

VTuberのエンディング、買い取ります。

朝依しると

ファンタジア文庫

3269

口絵・本文イラスト　Ｔｉｖ

「VTuberのエンディング、買い取ります。」

Purchase the Ending of VTuber

Shiruto Asai
Tiv

Prologue -すべてをうしなった男-

1

その日、苅部業《かるべごう》は散財するつもりでいた。

高校二年の夏。世間では人生における青春の最たる期間ともいわれるその時期を、業はアルバイトに費やした。一昔前に青春を謳歌《おうか》した大人たちは、そんな苅部業を見れば口を揃《そろ》えて言うだろう。――もったいない、と。

しかし、業は自らの青春の過ごし方に微塵《みじん》も後悔など感じていなかった。

これから赴く現場には業にとって、爽やかな汗を掻《か》いてスポーツに励むより、図書室で女子とイチャイチャしながら勉強するより、天体観測や機械工作より、ずっと大切にしているものがある。――それが推し事だ。

好きな人物や物事（＝推し）を応援するために尽力する行為。

現代社会、多様性に富んだエンタメや趣味に生涯を捧《ささ》げる人々の情熱は、止《とど》まることを知らない。それはなにもポップカルチャーの聖地だった日本のみならず、世界規模の一大ムーブメントとなっていた。

業が推しとする対象――それはVTuberと呼ばれる仮想世界の配信者だった。

２Ｄや３Ｄの美少女・美少年の姿で動画投稿、配信活動に励む彼女・彼らはYouTubeをはじめとする動画コンテンツの顔となりうるポテンシャルを持っていた。そのアイドル性と匿名性を併せ持つ存在は、推して推されての関係を求め、ゆるい繋《つな》がりを重視する現代カルチャーには都合がよく、登場から一年を待たずして一世を風靡《ふうび》した。

業が推しているVTuberは、『星ヶ丘ハイスクール』所属の夢叶乃亜《むかなえのあ》というアイドルだ。乃亜の雑談配信における天真爛漫《てんしんらんまん》なトークと、歌を歌うときの力強い歌唱力のギャップに惚《ほ》れ込んだ業は、はじめて彼女とYouTubeで出会った年の夏からファンとなり、推し事に熱中するようになった。

以来、業は夢叶乃亜のYouTubeチャンネルで高額なメンバーシップ会員となり、配信ではたんまりとスーパーチャット――所謂《いわゆる》、投げ銭を繰り返している。ほかにもPixivFANBOXの支援やBoothの有料コンテンツ課金は当たり前。さらに、ファンの繋がりを大切にしたいという乃亜の想《おも》いを受け、非公式ファンクラブを立ち上げて交流の場をつくることにも貢献していた。言うまでもなく、業は同担歓迎だった。

たった数ヶ月でこれほどの熱量を一人のVTuberに捧げる男は、界隈《かいわい》でも珍しかった。

苅部業はカルゴと名乗り、『ノア友』——夢叶乃亜のファンネームだが、その界隈からグループの垣根を越えたファンの間でも頭角を現わし、一目を置かれる存在となっていた。そんなカルゴの正体に対して、界隈では諸説紛々《ふんぷん》の憶測が飛び交っている。大企業の御曹司ではないか。石油王ではないか。そもそも人間ではないのではないか。はたまた複数人で構成された闇組織ではないかという説まで飛び交う始末。業はそれほどまでに金も時間も夢叶乃亜という存在に費やしていた。

「あぁ……」業は電車を降り、乃亜公式グッズタオルで汗を拭う。「今日ほど伝説にふさわしい日はない」

茹《ゆ》だるような東京の晩夏。見上げると、陽射《ひざ》しが燦々《さんさん》と照りつけていた。

ＪＲ池袋駅、山手線《やまのてせん》の五番線ホーム。蒸し返すアスファルト。架線の隙間から覗《のぞ》く青空にこだまする蟬《せみ》の声——。

今宵《こよい》、夢叶乃亜のファーストソロライブが予定されていた。

このソロライブというのも、クラウドファンディングで勝ち得たものだ。ファンの支援で成立した推し活の集大成といってもいい。業は乃亜グッズを身に纏《まと》い、いざ頂上決戦に挑む武将がごとき闘気を宿していた。

今日は推しへの愛を証明する絶好の機会。貯金もすべて使い果たすつもりだ。

とどのつまり苅部業のような人間は、バイトにせよライブにせよ、誰かの養分になるほかない。業は誇らしげに胸を張って改札をくぐった。

業はライブ会場に一番乗りで到着した。

池袋サンシャイン通りの街灯と、いまなお残された電話ボックスの狭間《はざま》を待ち合わせ場所として、あらかじめ非公式のDiscordファンサーバーで仲間に呼びかけていた。

夕刻だがまだ日は高く、蝉の声もけたたましく大合唱を続けている。

このあと、ライブ会場では煮えたぎるような熱気の中、蝉と入れ替わるようにしてノア友がコールを重ね合わせることになるのだろう。それを想像すると、一夏の一大イベントに力尽きるまで求愛を奏《かな》でるノア友もまた、蝉と変わらぬ存在に思えた。

「まぁ、おれの乃亜ちゃんへの愛は一生涯続くがな……」業は哀れむように言う。

夢叶乃亜との絆《きずな》は永遠だ。一夏で終わるものではとうていない。これから始まる夢のひとときに妄想を膨らませる業――。

ふと、何者かの視線を感じて業は振り返った。

通りに立ち並ぶ店の間には等間隔で植木が心許《こころもと》なく、ぽつねんと生えているのだが、そのか細い木に寄りかかる可憐《かれん》な少女がいた。

彼女はじっとこちらを見ていた。

目が合うと、とたんに余裕のない顔つきで業のもとへ迫ってくる。

近づくにつれ、少女のあまりにも艶麗《えんれい》な姿がはっきりと見え、業は瞑目《めいもく》した。

肩にかかる絹糸のような淡い金髪。くりっとした愛くるしいエメラルドグリーンの瞳。鼻筋の通った端整な顔立ちだった。外国人か。服装は瀟洒《しょうしゃ》そのもので、ミニフレアスカートと淡いベージュのノースリーブニット。これでもかと清涼感を漂わせる夏コーデ。極めつけに、幼さを強調する革製の赤いリュックまで背負っている。

なるほど。童貞を殺すには十分な殺傷力を秘めた装備だ。

業は接近されるまでの五秒と少しの間、その少女が向かう方向にたまたま業がいただけであることを願った。だが、少女は業に寄りかかるように身を寄せ、事もあろうに、指先で腕の皮をつまんできたのだ。

少女は不安げな上目遣いのまま、顔を上げる。

「ひ……」業は声が出ない。美人局《つつもたせ》か。そう疑った。

間近で見ると、やはり西洋の血が入っているようだ。少女の瞳の虹彩《こうさい》は淡く、顔の凹凸《おうとつ》もはっきりしている。

「……か、カルゴさん……ですよね？」

少女は吐息を乱し、そう尋ねた。妙に艶《つや》のある声だ。

「もしかして、ノア友か……？」業が聞き返す。

その妖精めいた雰囲気に目を奪われて見過ごしていたものの、少女のリュックに目を向けると、所狭しと乃亜の缶バッジが留められていた。赤を基調としたリュックも乃亜への愛を感じる。まぎれもなくノア友だ。

「わ、わたし、ミーナです」少女が不安げに名乗る。

「え？——え、マジか」

記憶を辿《たど》るまでもなく、その名に聞き覚えがあった。

ミーナは以前から交流のあるノア友だ。業が驚いたのは別の理由。SNSだけでは中の人の素性までは想像の域を出ないが、ミーナのTwitterは、アイコンが漆黒のカラスだったり、淡々としたツイートだったりと、どこか得体の知れなさがあった。

「見違えたな……。てっきりミーナさんってドぎつい強面《こわもて》のおっさんかと思ってた。普段から素っ気ない感じだったし」

照れて視線をそらす業。ミーナもやや顔をほころばせる。

「えへへ。わたし、目立つのが嫌いなので」

十分に目立っているが、と業はひそかにツッコミを入れる。

「そのわりにその装備か。よろしくないな」

「えっ？　そ、そうですかっ。すごく悩んで、雑誌とかも参考にしたんですけど」

実際、その服装を見れば一目瞭然だ。いかにもファッション雑誌から流行を取り入れたという印象。アイドルのライブにふさわしい服装がわからなかったと見える。

顔やスタイルという武器を持つミーナのような少女なら、着飾らないナチュラルスタイルがよく似合う。いっそ白シャツと青ジーンズでいい。とくに、こういう場では。

業は得意げに言う。

「今日は何の日だ？」

唐突な業の問いにミーナは戸惑いつつ答える。

「えっと、乃亜ちゃんのファーストソロライブの日ですっ」

「そう。ライブだ。ノア友が一堂に会し、燃え尽きるまで乃亜ちゃんにラブコールを送る日。推し活の集大成といってもいい。つまり今宵ふさわしい装備とは——」

業はばさりとパーカーを翻《ひるがえ》した。

颯爽《さっそう》と脱ぎ捨てられたパーカーが風を起こし、ミーナの絹糸の髪を撫《な》でる。

封印を解かれた業のシャツには、見つけたファンを導かんばかりに手を差し伸べる、夢叶乃亜がプリントされている。腕には乃亜のカラーである赤の星ヶ丘ハイスクール腕章。

腰のベルトから垂れるアクリルキーホルダーをアクセントに、首に巻くタオルからはマイクを握る乃亜が微笑《ほほえ》んでいた。

そこにいるのはもはやカルゴではない。ノア友の概念にして、その権化《ごんげ》。

今宵は夢叶乃亜しか勝たんのだ。

「これこそが――現場に臨む戦士の装備だ」

交差させたサイリウムが赤く滲《にじ》み、隙間から業の双眸《そうぼう》が覗いていた。決まった、とばかりに業はご満悦の体で微笑む。

ミーナは目を瞬《しばた》かせ、しばらく放心していた。傍目《はため》には、無垢《むく》なる少女が異文化部族の珍妙な舞いに当惑したように見える。しかし、彼女もまたノア友の一人。

「わぁ〜！」ミーナがぱちぱちと拍手を送る。

「どうだ？　このフル装備」

「すごいすごーい。……うんっ。安心しました」

ミーナが微笑む。業は〝安心〟を咀嚼《そしゃく》しきれず眉根を寄せた。「安心？」

「あ、その……カルゴさんってどんな人かわからなかったので。でも会ってみて、思ってたよりずっと良い人《い》だなってわかって、それが嬉《うれ》しくて」

「ミーナさんも、ネットよりずっと喋《しゃべ》りやすいよ」

「ミーナでいいですよ」

「急に呼びタメっていうのもな」

「でも歳《とし》も近そうだな～って。同い年だったりして？」

ミーナも高校生だろうか。あえて歳は訊《き》かなかった。老若男女《ろうにゃくなんにょ》、人種を問わないVTuberファンの集まりだ。年齢を気にするなど無粋というもの。

それに主役は業《ごう》でもミーナでもない。夢叶乃亜だ。この笑顔のかわいい異国の美少女に業もにわかに見蕩《みと》れていたが、本命がいることを忘れていなかった。

「ほら」

業はサイリウムを投げ渡す。

「わっ」辿々《たどたど》しく受け取るミーナ。「くれるんですか？」

「それはノア友の誘導灯！　早く来たんだから手伝ってくれ」言って業はもう一本のサイリウムを機敏に振り回し、会場誘導係以上の働きぶりを発揮しはじめた。

ノア友が通行人の邪魔にならぬよう、道幅を確保するのだ。

「実在したんだ……」

ミーナはそんな業にまた、目元をほころばせる。

だが、いざサイリウムで他人を導けと言われても、こんな奇妙な行動があるだろうか。

ミーナは目立つことを怖《おそ》れ、ただ下を向く。歩行者から視線を集める前に、早くサイリウムが消えてくれるのを願うしかなかった。

開場待ちのノア友を一区画に集め終え、業はノア友との交流に興じていた。

相変わらず、ミーナと名乗る異国の少女は所在なさげに業の傍《そば》から離れず、ただ業の腕の皮をつまんでいるだけだった。ほかのノア友たちも、そのおかしな存在をカルゴという人外に連れ添う無口な精霊だと無理に認識し、触れずにいてくれた。

業は会場沿いの歩道の反対側でじっと佇《たたず》む、野球帽の男に目を留めた。

中肉中背の中年男性。その手元のトートバッグを見落とすわけがない。夢叶《むかなえ》乃亜《のあ》の絵柄がプリントされている。業は率先して声をかけた。

「なにしてるんですか？　ノア友の方ですよね？」

「え、ええ……」野球帽の男はハスキーな声で答えた。声に聞き覚えがある。

「だったら戦友だ。ほら、こっち来てくださいよ」

業には、ファンの繋《つな》がりを大事にするという信念があった。

それは夢叶乃亜自身が望んでいることで、YouTubeの雑談配信でも本人がファンの交流を嬉しがる様子も見せていた。

業は野球帽の男を、一区画につくったノア友の輪に入れ、自己紹介を促す。

「自分は……キャップンです」

キャップンは、乃亜の活動初期から推している古参の一人だった。

推し始めた時期は業とほぼ同じ。だから、ほかのファンより親近感を覚えている。

「やっぱりキャップンさんか。声ですぐわかったよ」業は親しげに言う。

「カルゴさん……。その、ありがとうございます」

唐突にキャップンは言った。その瞳は所在なさげだが、機会を見失わないよう、まず始めにそう伝えようという意志を感じさせた。

「な、なんのことですか？」

「いえ、ノア友との交流の件。自分は最近毎日が楽しくて、乃亜ちゃんと出会えたことをもっと感謝するようになりました。……本当にありがとう」

寂寥《せきりょう》感をただよわせる男が、とたんに頭を下げる。業は驚いて手を振った。

「推し活の一環でやってるだけですから！　感謝はおれじゃなくて、乃亜ちゃんに伝えてください。それに……なんかすみません。おれじゃ至らないこともあって、キャップンさんに頼ることもありますし」

業が取り繕うように言い返した。すると、意を決してミーナが割って入る。

「実際、カルゴさんはすごいですよっ」ノア友の視線が集まり、ミーナは怯《ひる》む。蚊の鳴くような声が続いた。「わ、わたしも、カルゴさんが企画したイベントで乃亜ちゃんを知った口ですし……」

キャップンがそれを受けて続けた。

「そうですよ。きっとカルゴさんの活動で乃亜ちゃんを知った人も多いでしょう。星ヶ丘の中でも乃亜ちゃんが一番人気なのは、カルゴさんの貢献が大きいはずです」

「ははは……それはファン冥利《みょうり》に尽きるというか……」

業は満更でもなく、頬を赤らめて身を引いた。街灯の柱が背に当たり、それ以上の後退を許さない。ノア友たちの好意的な視線に挟まれる。

業は人知れず、プレッシャーを感じていた。

穏やかで温かいと評判だったVTuber界隈《かいわい》も、昨今では様々な価値観を持つリスナーが増え、VTuber本人のみならず、ファン同士がトラブルを起こして炎上するケースがある。ファンもそれを機に推し事をやめる〝推し卒〟、ほかのVTuberの応援に鞍替《くらが》えする〝推し変〟という現象も起きる。リスナー同士のトラブル防止には自治が求められるのだ。

ノア友の安寧は、カルゴにかかっているといっても過言ではなかった。

開場も近づき、会場誘導係によって待機列ができ始めた頃、業もそろそろ並ぼうと入り口に移動し始めた。

「おまえがカルゴか？」そこで突然、瘦せぎすで眼鏡の男に話しかけられる。

「どちらさんですか？」

「俺はネクロだ。ネクロ万酢《まんす》」

「ああっ——」ネクロ万酢は、ある意味、カルゴと肩を並べて有名なノア友の一人だ。

違いはファンの交流に消極的という点。所謂《いわゆる》、同担拒否である。乃亜のようなVTuberはファンの繋がりを喜ぶため、同担拒否は珍しい。業は丁寧に挨拶しようと手を差し出す。

「知ってますよ。どうも初めまして」

だが、その手は無惨《むざん》にも弾《はじ》かれた。

「あんまり調子に乗るなよ。目立ったファンの行動に迷惑するVTuberもいるんだ。くれぐれも乃亜ちゃんに迷惑かけんじゃねぇ。わかったか」

ネクロはそう言い放ち、颯爽と会場に入っていく。

業の腕の皮をつまんで離さないミーナが心配そうに見上げていた。しかし、この少女はどうしてひとの腕の皮をつまんで離さないのだろう。

「大丈夫ですか……？」

「……乃亜ちゃんは、ライブに来てくれたノア友全員に今日を楽しんでほしいって思ってるはずだ。あの人も、その一人だよ」

「優しいんですね。カルゴさんの行動が迷惑だと思う人なんていませんよ」

ミーナはそう励ますが、業の胸中では、いまかけられた批判めいた言葉がとぐろを巻いていた。業の振る舞いに眉を顰《ひそ》めるノア友は意外と多いのかもしれない。

「大丈夫です。カルゴさんは周囲も認めるトップオタなんですから……！　それにカルゴさんがライブを楽しめなかったら、悲しむのは乃亜ちゃんですよ」

「そうだな」業は得心して頷《うなず》く。「確かにその通りだ。今夜は楽しもう！」

――我が推し事人生に一片の悔いなし。業は青春を捧《ささ》げるためにファーストソロライブにやって来たのだ。他人のやっかみを気をかけている暇はない。

2

『みんな～～！　今日のライブに来てくれて、本当に本当にありがとう～！』

ライブスクリーンに映る等身大の夢叶乃亜を前に、ファンは歓声を上げる。

情熱的な赤い髪を短めのツインテールに結び、プリンセスのような白を基調としたアイドルドレスを身に纏《まと》う乃亜がそこにいる。色とりどりの光演出のど真ん中で、スポットライトを導く乃亜はまるで女神だ。それほどの神々《こうごう》しさと可憐《かれん》さを兼ね備えている。

──ノア友と一緒に夢を叶《かな》える。

そのスローガンを掲げて活動を開始し、初期は伸び悩んだ彼女だが、いまや大物VTuberへの階段を駆け上がっている。

事実、夢叶乃亜はこの数ヶ月でYouTubeのチャンネル登録者数を顕著に伸ばしていた。その数、三十万人も目前。彼女と同じく歌って踊るアイドル系VTuberの上位層が五十万人前後の登録者数であることを考慮しても、その伸びは上位層に届く勢いである。

彼女は芸能事務所に所属するプロのパフォーマーではない。夢を叶えるため、アマチュアから必死にVTuber活動に専念し続けた。

その努力が実り、これから花開こうとしている。

業はそんな乃亜を誇らしく思い、ライブ中はうんうんと頷いて、乃亜の伝えたいこと、ライブに込めた想《おも》い、そのすべてを汲《く》み取っている気になっていた。

その心境はすっかり後方彼氏面《づら》だ。

「カルゴさん、み、見てください……っ！　乃亜ちゃん、トレンド入りしてますっ」

たまたまチケットの席が隣同士だったミーナが嬉々《きき》として業の腕を引っぱりながら、スマホ画面を見せつけてくる。

Twitterのトレンドに、夢叶乃亜の名前がランクインしていた。今日のライブは序盤の

MUKANAE
NOA TOMO

みYouTubeで無料視聴できるようになっている。それで話題になったようだ。

「あっ……あっ……！　チャンネル登録者、さっ、さ、三十万人を超えましたよっ」

ミーナも限界化しつつあった。まだライブ中だというのに、業の各種SNSアカウントにも連絡が何件も届いた。きっと非公式ファンクラブ加入の問い合わせだ。

業は、夢のような時間に半ば放心していた。青春を捧げ続けた推し活の日々が、今宵《こよい》、報われようとしている。

『——え〜……ここで実はファンのみんなに一つ、お報《しら》せがありますっ』

曲と曲の合間、乃亜が会場中に呼びかけた。

『今日はみんなにとっておきの曲をお届けしようと思います！　乃亜の初めてのソロライブが叶った記念に、みんなと作り上げた大事なライブのために、温め続けた曲です』

会場中が「おおおおおおっ」と沸き立つ。

熱狂的な会場の雰囲気は、まさに絶頂を迎えようとしていた。

『聴いてください。乃亜の初のオリジナルソング【Ark!】——』

ワアアアアアアアア！　狂喜乱舞の中、歌がはじまった。

それはノアの方舟《はこぶね》をモチーフにしたオリジナルソングだった。

夢叶乃亜の名前と掛けたのだろう。その方舟は夢と希望を抱いた人々を乗せ、宇宙に向かって飛び立っていく。その先に楽園があることを信じ、夢叶乃亜がこれからも大きな世界に羽ばたいていく。そんな姿をイメージした神々しい曲だった。

業《ごう》はその神曲を聴き、魂が宇宙に飛び出て昇華されるような高揚感を味わった。

大洪水で沈みゆく世界で、ノアの方舟がすべての動物種を救い出すその一場面を彷彿《ほうふつ》とさせた。その曲はたとえあらゆる苦難が襲ってきても、業の魂――乃亜推しカルゴを救済するというメッセージ性を秘めているように感じた。

「エモい。エモいぃいいいい！　乃亜ちゃぁあああんっ！　うわぁあああああっ！」

業は泣いた。滂沱《ぼうだ》の勢いでみすぼらしく噎《むせ》び泣いた。

業の絶叫は熱狂の渦に溶け合い、夏の夜空に消えていく。ステージを舞う乃亜の姿が、業の目には聖戦を制す戦女神のように映った。

――ノア友と一緒に夢を叶える。

夢叶乃亜のスローガンは今宵、伝説的な一幕のもとに達成した。

一夏の、一夜かぎりの達成として。

3

ライブ終了後、業はノア友とオフ会をして過ごした。

老若男女《ろうにゃくなんにょ》ともに楽しめるように、立食も着座も可能な小洒落《こじゃれ》たレストランを予約していたのだ。数十名のノア友が熱狂冷めやらぬままにライブの感想を語り合っている。

苅部《かるべ》業もまた、高揚感で頭がくらくらとしていた。

これほど最高の夏はない。学校でクラスメイトが気にするような成績や部活、甘酸《あまず》っぱい恋、すべてがすべてくだらない。大人から子どもまでが一堂に会し、夢のひとときを過ごしたこの場こそ最前線の青春だ。

「じゃあ、みんなもお疲れ！　また会おう！」

業は潑剌《はつらつ》とした声で、今日という最高の神秘を共にした戦友に別れを告げた。ライブ会場で買ったグッズを腕いっぱいに吊《つ》り下げ、業は満面の笑みを向ける。

乃亜《のあ》を応援し続けるかぎり、こんな機会がまた幾度となくやってくるのだ。

そう思うと、終わりゆく夜でも、期待で胸が膨らんだ。

帰宅の途につこうと池袋駅東口へ向かう業。サンシャイン通りを抜け、歩行者信号が青に変わるのを待つ間、スマホを見て今日の戦果について振り返った。

ライブに参加できなかった仲間には今日の様子をどう伝えようか。そう考え、Twitterのアイコンを見やる。アプリの通知を振り切れて「20＋」と表示されていた。

新参のノア友からの連絡だろうか。

業が浮き浮きとアプリをタップした、ちょうどそのとき。

「か、カルゴさん……っ！　ちょっと待って！」

後ろから声をかけられて振り向く。ミーナが駆け寄ってきた。ライブ前に初邂逅《かいこう》したときの雰囲気とはまた違う、兢々《きょうきょう》とした様子で。

「ミーナさん？　どうしたんだ？」小首を傾《かし》げる業。

「はぁっ……はぁっ……。乃亜ちゃんが……」

ミーナは顔面蒼白《そうはく》。その雰囲気に物々しさを感じた。

「……炎上……しました……っ！」

ミーナが苦しそうにそう言う。その意味を理解するのに業は時間がかかった。

「——え？」

ふと、スマホが映し出すTwitterの通知画面に目を落とす。

そこには山ほどリプライが表示されていた。大量に貼られたURL。その無機質な文字列は何かのエラーメッセージかと思った。リンク先を踏む勇気は、いまの業にはない。

そのURLは天国か地獄か、どちらか一方の招待状だとしたらまず後者に違いない。

——ドクン、ドクン、ドクン。

心臓の鼓動が強まり、その拍動が頭まで揺らすようだ。

炎上したのが他人だとしても、それは業がすべてを捧げ、これからも捧げ続ける覚悟を決めた唯一の推しである。推しの炎上は『乃亜推しカルゴ』にも飛び火する。

業はもう、乃亜のファンとして後戻りできないところまで来ている。

――歩行者信号が青に変わった。

煌《きら》びやかな夜の池袋。駅に向かおうとする通行人が、一斉に道路に雪崩れ込む。

その雑踏は業を置き去りにして進んでいく。震える指先。崩れ出す膝。足元に目をやると一匹の蝉《せみ》の死骸が無惨な姿を晒《さら》していた。雑踏に踏み倒されるソレが、無味乾燥としたシニカルな複眼でこちらを見ている。

「嘘《うそ》……だ……。今日は初のソロライブの日で……最高の……夜に……」

VTuber業界における炎上の悲惨さを、業は知っている。

それが大火事となるのか、小火《ぼや》で収まるのかは火種による。しかし、悲劇的にこのタイミングだ。小火程度で済まないことは予感していたし、その実情を知る様子のミーナも、やはり深刻な表情を浮かべていた。

「どうも……前世のリアルの姿が……」青ざめた顔でミーナが語る。

「……嘘……だ」

「その裏垢《あか》の痴態が晒されて――」

「嘘……だ」拒絶するように耳を塞ぐ業。

雑踏に押され、たたらを踏んで迷い込んだ先は駅前の中央分離帯。

そこは方舟のような形をしていた。乃亜の初シングル【Ark】。その崩壊寸前の舟に乗せられ、空高く舞い上がった業の魂は、舟が空中分解したことで行き場を失った。

——男はこの日、すべてを失った。

その無念は浮遊霊のように、ネットの海のただ中で彷徨《さまよ》うことを強いられた。

月日は流れ、VTuber界の力関係も荒々しく変化する。VTuber界隈《かいわい》を賑《にぎ》わせた乃亜推しカルゴなる存在も、やがて忘れ去られていく。その魂が闇を抱え、いずれ死神に変わり果てるなど、このときはまだ誰も予想だにしていなかった。

LIVE!

Case.1

方舟へみちびく女

鏡モア

身長　172cm
誕生日　12月18日
趣味　日光浴・食べ歩き
好きなもの　音楽ライブ
特技　創作料理

KAGAMI
MOA

Besasano・Vproduction

#moalive #kagami　@moa

Case.1　- 方舟へみちびく女 -

1

外では音すら立てず、小ぬか雨が降りしきっていた。

ニュースによると翌週には梅雨前線がさらに北上し、関東でも本格的に、じっとりとした雨季の到来に拍車をかけるというのだ。

まるで蒸し焼き。梅雨とは本来、そういった大気の嫌がらせに辟易《へきえき》したあと、明けたときの夏日陰を満喫するための期間ではないだろうか。祖国にも「転石苔《こけ》むさず」という古いことわざがある。このことわざは正反対な二つの解釈ができる二律背反な言葉だが、そもそも苔とは対価であり、縁起の良《い》いものなのだ。

つまり、このままじっとして〝配信を始めない〟という選択もありなのでは……。

パソコンモニターの前で彫刻のように固まっていた少女は、しばし呻《うな》り声をあげながらそんな言い訳を考えていた。配信待機画面に表示されたイラストは、なんともこの雨季をいやらしく利用した二次元美少女によって彩《いろど》られている。

どしゃぶりの雨に降られ、女子制服が惨《むご》たらしく濡《ぬ》れ、透けている。ランジェリーの輪《りん》廓《かく》が見えるかどうかの際《きわ》どさが、エロガキを釣るにはほどよい蠱惑《こわく》さを秘めていた。

驚いたことにアンダーウェアを着ていない。

この濡れ透け少女の魂である自分が同じ状況に陥ることはまずないだろう。

そうやって待機画面に映された、いやらしいバーチャルの自分にツッコミを入れているうちに、配信を始めろという催促がプロデューサーから届いた。

恐れおののき、あわてて開始ボタンを押す。

『みなさん、こんばんはっ……！　鏡《かがみ》モアです。聞こえますか～？』

両腕に簑《みの》のようなファーを掛け、はだけた胸元から谷間を強調したVTuberが画面に現《あら》われた。コンセプトはニュージーランドで絶滅した巨鳥。そのVTuberの頭部からは木の蔓《つる》が伸び、その先端に日《ひ》除《よ》け笠《がさ》のように〝鏡〟が備えつけられている。デザインしたママの話ではドリームキャッチャーからインスピレーションを得たそうだ。

いったいどうしてカナダの民族装飾とニュージーランドの絶滅鳥を混合させようと思ったのだろう。地球の反対側という距離から、その鏡がモアを守ってくれるとも思えない。
○ざわ……ざわ……
○このまま始まらなくても眼福

『聞こえる？　よかった～。では、はじめますね。モアラーのみなさん、こんばんは～』

まずは天気の話題を入れ込む。『……いやー、蒸し暑い夜が続いてますね～。わたしの住んでるところだと、とくに湿気がひどくて、もうクーラー使っちゃってます』
○こんもあ！
○ベサノママのイラスト最高すぎん？
公園ではち合わせた老人同士の会話の鉄板だが、VTuberをはじめてからというもの、この会話術についてなんと老練な技だろうとひそかに敬服していた。
○おなじく。除湿機ないとしぬ。
○わかりみが深い
○エアコンのクリーニング早めにしといたほうがいいよ
○いまの時期クリーニングの予約混むよね
○やろうと思えば百均グッズで掃除できるが？
鏡モアの【雑談！　初見さん歓迎／コメント拾うよ！】――の配信枠は、同時接続者数が百人前後のささやかなものだった。

それゆえチャットの流れもおとなしい。鏡モア自身、けっして饒舌《じょうぜつ》とは言いがたい話しぶりで、リスナー同士が好き勝手に話題を展開することもままあった。

モアはむしろ、博識なリスナーが現われ、意外な雑学を投げかけられるたび「ええっ」とか「おお」とか言えば配信が回るので、その登場を心待ちにしているまである。

だが、その甘えは失態を招くこともあった。

○まぁ一番は除湿より冷房だけどな。除湿は電気代かかる

○弱冷房除湿なら電気代安いよ

○今北。なんの話？

○そういや今日はモアちゃんから告知があるとか？

『……あっ』モアは焦《あせ》りを覚えた。『告知。そうでしたっ……実は、ありますっ！』

いつもの癖で、天気ネタを冒頭に入れ込んでしまった。

昼頃には自ら Twitter で「今日の配信で告知がありますっ」と意気揚々にツイートしていたことを思い出す。――実のところ、こういった失態《ポン》は日増しに増え、それがモアのストレス源となる人物を憤慨させていた。一方で、このぽんこつぶりが愛嬌《あいきょう》の一つとしてリスナーの庇護《ひご》欲をかきたてるのも事実である。

『……告知は……。えっと、うん……最後、にしようかな？』

○焦らずゆっくり話せばいいよ

○水分補給もしっかりね

は一時間枠の予定ですよ～』

『ありがとうございます！　みなさん優しいんですね。──えと、あ、そうだった。今日

○今日は何時までやるの？

○こんもあ～。サムネ盛りすぎじゃない？w

○一時間りょかーい

○終了予告できるのえらい

今回の配信の理想的な流れはこうだった。配信のはじめに今日は一時間枠だと告げる。そして配信の最後に告知があると事前に言う。天気ネタに頼るのは、そのあとだ。

鏡モアはまったく逆の順序を踏んでいた。

それゆえ話題の流れがぷっつりと切れ、コメントも一気に静寂に陥ってしまう。

眉間を揉《も》んで仕切り直し、モアは秘策を展開することにした。

『そ、そうでした。今日の雑談では一週間分のマシュマロを消化しようと思いま～す』

言ってモアは画面左側にスクリーンショットの切り抜きを置く。

『えー、まずはこれ』表示されるピンクの枠。『〝モアちゃん、こんばんは。いつもお疲れ様です。ところで尊敬するVTuberさんはいますか？〟──ということですが質問ありがとうございますっ。えー、尊敬……尊敬する人は……そうですね。いました』

○クソマロかもん
○あ、俺のだ
○いました?
○過去形
『わたし、元々とあるVTuberさんに憧れてVTuberになろうと思ったんですよ。でも、引退しちゃって……。寂しいですけど、その方の想《おも》いとか活動姿勢とか……いつかわたしが受け継いでいけたらなって思ってます』
○引退はしゃーないね
○推しの引退はきつい
○まさか繋《つな》がり目的で始めたとかじゃないよね……?
『繋がり目的? い、いえいえ、そんなっ……。というかその方、女性VTuberですから。やましいことは全然……っ』鏡モアが首をぶんぶんと振り、バーチャルの体《ガワ》も不自然なほど揺れる。
○えー誰だろ
○男かとおもった
○この際、異性の好みとか聞いてみたいかも

『異性の好み、ですか……』モアは言葉に詰まる。

ふとあの日々が懐《なつ》かしくなり、いまの自分が、思い描いた理想のVTuberからどんどんかけ離れているような不甲斐《ふがい》なさを覚えていた。配信前には必ずといっていいほど後ろ暗い感情が湧き上がり、素直に『鏡モア』を受け入れられないのだ。

この配信が終わればまた悪夢はやってくる――。

モアはふと、配信でおかしなことを言わなかったかと不安が押し寄せた。

無難な切り返しを考え、すぐさまそれを口にする。

『異性の好みは……まっすぐで、優しい人かな？　あはは、普通すぎますかね』

2

時計の秒針がカチカチと時を刻んでいる。

その秒針と競《せ》り合うように、カチャカチャというタイピング音が、カーテンを閉め切った部屋で鳴り響いていた。音を発するのは、骨のように細い指。

髪が白く、死んだ魚のような目をした男が一心不乱にタイピングしている。

「……経緯……ゲーム配信……のバッドマナー……。……とは、死体撃ち……」

男がぶつぶつとつぶやくたび、画面には電子の文字が綴《つづ》られる。

ブログ名【燃えよ、ぶい！】——そこに男の願いが込められている。

誰の注目を浴びるでもなく、誰から諌《いさ》められるでもなく、男は取り憑《つ》かれたようにブログを書き綴る。内容はVTuber界隈《かいわい》の炎上事件ばかりだ。

とある男性VTuberがFPSゲームでヒートアップした際、死体撃ちや暴言吐き、仲間へのマウント発言をきっかけに炎上した。その件に関する記事を書き終えた男は、ギターの弦を引っかき回すような耳鳴りを覚え、ノートパソコンを勢いよく閉じた。

締め切ったカーテンの向こうを睨《にら》み、立ち上がる。男はゴミで荒れ果てた汚部屋を跨《また》いで窓辺に近づいた。そして窓を開け放つ。

燦々《さんさん》と照りつける陽射《ひざ》し。青空——。

死相の輪郭が露《あら》わになる。一夏に青春を捧《ささ》げた男子高校生の姿は、そこにはない。

——苅部業《かるべごう》、十七歳。

休学という名の不登校に甘んじ、惰性で生きる名ばかりの高校生。

信じたアイドルに裏切られ、肩を組んで信仰を謳《うた》った戦友にも見捨てられた。

現在はブログのアフィリエイト収入を頼りに一人暮らしをしている。

仰いだ青空に池袋五番線の架線の幻影が映る。それはすぐ溶けるように消え、同時に耳鳴りも止《や》んだ。

「また……あの季節が……」

夏は嫌いだ。蟬《せみ》の死骸が、短い栄華だったクソ雑魚《ざこ》ナメクジを皮肉るように、道路に散らばっていくからだ。業はその耳鳴りが幻聴だと気づき、ほっと胸をなで下ろす。

ただ、噎《む》せ返るような季節が着実に近づいているのは避けられない事実——。

「……くっ」

その熱気を忘れられるよう、エアコンを最大風速にして業はベッドに倒れ込んだ。

日が高くなるにつれて陽光は強まり、エアコンの風すらまるで熱風のように感じる。目を瞑《つぶ》り、その異常感にじっと耐えながら暗闇の中で息をした。

この部屋は、崩壊して密閉された方舟《はこぶね》のようだった。

光を浴びず、風も通さず、炎上という灼熱《しゃくねつ》の業火《ごうか》に晒《さら》され続けるこの世の地獄。

業はこれまで、その灼熱に耐え続けていた。夏が過ぎ去り、秋が訪れ、冬に思い出が凍りついてもずっと——。

振り返れば、夢叶乃亜《むかなえのあ》の炎上は必然だった。

堅調に人気を伸ばしていた彼女だが、ソロライブの敢行により一夜にしてVTuber界で注目を集めすぎた。

結果、彼女の魂の前世、すなわち、バーチャル界に進出する前の姿が特定された。

ネットには、普段は沈黙を貫く見張り番的存在——通称〝特定班〟なる存在がいる。

彼らの原動力は定《さだ》かではない。特定の人物に嫉妬のような感情を抱いたとき、その力とスピードを遺憾なく発揮する。そして数時間ないし数十分のうちに電子の海に散らばる対象の情報をかき集め、のべつまくなしに晒し上げてしまうのだ。

彼女の魂（＝中の人）がリアルでボーカル活動をしていたときのプロフィールや素顔、鍵のかかっていないサブアカウントが、一晩を待たず白日の下に晒された。

そこには、ただ顔バレした程度に収まらない、乃亜の魂の醜態があった。

たとえば彼氏への愚痴。この程度ならまだ可愛《かわい》いものだ。ツイートを遡れば口汚い下ネタの数々。パパ活を匂わせる発言。アイドルオタクに対する偏見と誹謗《ひぼう》中傷。

乃亜の脇が甘かったと言われればそれまでだ。

だが、もし前世が特定されなければ——。

特定班の顰蹙《ひんしゅく》を買わなければ——。

SNSでトレンド入りしなければ——。

ソロライブ序盤が中継されなければ——。

クラウドファンディングが達成しなければ——。

そもそもファーストソロライブが企画されなければ——。

ファンの筆頭としてその名を轟《とどろ》かせた、乃亜推しカルゴの存在がなければ——。

あるいは、彼女の方舟は沈むことはなかったかもしれない。


当初、業は諦めていなかった。

炎上なんて時が過ぎれば鎮火する。女の嘘《うそ》を許すのが男だ、と人気漫画のキャラクターも言っている。それを呑《の》み込めずして何がトップオタか。

夢叶乃亜が隠していた裏の顔——。

そこにあった醜態で最も大きな火種だったのは、オタクへの偏見だった。

パパ活を匂わせる発言は、匂わせ程度で確証はない。しかし、オタクに対する暴言は本人の発した言葉。言い逃れはできない。まぎれもなく、彼女の活動スローガンがはりぼてであることが証明され、ファンへの裏切りが露呈したのだ。

ファーストソロライブの日、一時はYouTubeのチャンネル登録者も三十万人を超えた彼女だが、直後には一気に減少へと転じて三万人ほど減った。動画には低評価が軒並みつけられ、『星ヶ丘ハイスクール』の運営が閉じるまでコメント欄も荒れに荒れた。

いままでノア友を名乗っていた者すら反転アンチと化す事態だった。

そんな逆境においてもまだ、業は諦めていなかった。

夢叶乃亜は業がすべてを捧げた女だ。船長の失態で沈みゆく方舟だとしても、その方舟を持ち直さなければ、自らも死ぬのは必定だった。

非公式のDiscordサーバーで、業はノア友に呼びかける。

○カルゴ　2021/9/12
：乃亜ちゃんの件、落ち着いたらまた一緒に応援していきましょう！
○カルゴ　2021/9/30
：みなさん！　乃亜ちゃんが戻ってきたときのために、盛大にお出迎えするための贈呈品企画を考えてみました。
○カルゴ　2021/10/24
：そうだ。乃亜ちゃんが復帰するまで非公式のファンイベントをやりませんか？　オンライン歌合戦でもいいし、ゲーム大会でもいいと思うんですが……。

カタツムリのアイコンによるメッセージが虚《むな》しく続く。

熱狂の夜を共にした戦友でさえ、誰一人反応しなかった。業は独りになった。

それから、沈黙をつらぬく星ヶ丘ハイスクールの運営と接触する策を講じた。

メールや運営への直通電話はほかのアンチとまぎれて気づいてもらえない。まず、相互フォロー状態にあるTwitterからダイレクトメッセージを送った。これも反応なし。めげずに業は夢叶乃亜の名前や関連ワードでさまざまなSNSから検索をかけた。

それは、炎上で沸き立つ罵詈雑言《ばりぞうごん》に自ら手を突っ込む行為だ。火傷《やけど》を負いつつも、運営のサブアカウントを見つけた。そこへDMを送ってみたところ、炎上から三ヶ月が経《た》ってようやく反応があった。

―乃亜ちゃんはいつ復帰されるのでしょうか？―
２０２１年11月３日　午後11：41

―活動再開は困難であると運営チームは判断しております。―
２０２１年11月４日　午前０：03

無情にも、運営スタッフから推しの死を宣告された。

―そんな……。でも、せっかくソロライブも開いて、オリ曲も発表して、これからって時期じゃないですか。活動再開を待ち続けるファンもいるんですよ。俺みたいに！　また夢を見させてください。乃亜ちゃんの【Ark】最高でした。信じて待っています！―
２０２１年11月４日　午前０：18

―ご期待に添えず、誠に申し訳ございません。

活動再開につきまして当運営で綿密に話し合い、何度も議論を重ねましたが、経営的判断でやむなくプロジェクト中止を判断いたしました。

謹んでお詫《わ》び申し上げます。

ここからは公式の見解と切り離してお伝えしますが、我々もカルゴ様の熱量は感じており、これまでの多大なご声援に大変感謝しております。誠にありがとうございました。―

２０２１年11月４日　午前２：55

――経営的判断。

その言葉が、炎上から二ヶ月、すがりついていた業の信仰をどろどろに溶かした。

運営は、炎上そのものを苦痛には感じていなかった。あるのは収益に繋《つな》がるかどうかの合理的判断。情熱とは無縁のビジネスライクな思想。――資本主義《キャピタリズム》。

以来、業はVTuber業界における火種を求め続けた。

精神的なショックで髪は真っ白に染まり、散髪もせず、だらしなく伸ばしていた。

業はよく方舟の夢を見る。夢叶乃亜の偶像が船首に付けられ、沈黙をつらぬきながらも沈没する夢だ。親には心療内科を勧められたが、業はあの日々を医療の力でかき消されたくなかった。その始末の付け方は、自分が自分でなくなるような気がした。

業は日夜、VTuberの炎上ネタを集め、【燃えよ、ぶい！】で焚《た》き上げる。

その煤煙《ばいえん》か狼煙《のろし》かもわからない黒々とした煙が、いつか女神に届くことを信じて――。

3

業はうなされながら、あの夜のことを思い出していた。

スクリーン越しに舞台の端から端まで跳ねて舞う妖精。方舟へと導く幻想の天使。信望する仲間とともに、賛歌を歌う女神。これほど最高の夏は二度とない。

――はぁっ……はぁっ……。乃亜ちゃんが……。

青に変わる信号。動き出す雑踏。切羽詰まった様子で息を切らす淡い絹糸の髪の少女。

あの日の晩は、動悸《どうき》に苦しみながらどうやって帰ったのか。――ピコン。

「はっ――」

スマホの通知音に気づいて目を覚ます。

異様な喉の渇きを覚え、業《ごう》はシンクに飛びついて水道水を喉に流し込んだ。部屋は夕暮れ時の西日で真っ赤に染まり、ここは本当に燃え盛る方舟なのかと錯覚した。

落ち着きを取り戻した業はスマホの通知を覗《のぞ》く。Discordへのフレンド申請だ。

業は炎上ネタのタレコミ用に公開しているアカウントを持っていた。

主に、ボイスチャットの用途で使われるDiscordというこのツールに連絡が来ることは珍しく、数少ないタレコミはほとんどTwitterのＤＭからだ。

不思議に思った業だが、二回のタップですぐ承認ボタンを押した。

即行で相手から音声通話がかかってくる。

「……」

有無を言わさぬ相手の所作に、応答ボタンを押すかどうかを迷う。

業のような弱小アフィリエイターにわざわざちょっかいを出す物好きは少ない。それでも取り扱うネタがネタだ。情報拡散に加担したことを恨む者もいる。

炎上したVTuber本人か、はたまた信者か。

相手は無地の黒いアイコンで名前も『海』の一文字。捨て垢《あか》だろう。しかし――。

「おれはあの夜に死んだ……」業は呟《つぶや》く。

攻撃的な相手からの連絡はむしろ望むところ。それすら記事のネタになる。さらに大きな火種を油塊に注げる。

「はい」

応答ボタンを押し、スマホを耳に当てた。

『──あっ……。カルゴさん……ですよね？』

透き通った可憐《かれん》な女の声。予想外の声に思わず固まる。その名は捨てた。

「どちらさま……？」

『わたし、かがみ──あ、違う』

女の声には焦《あせ》りが混じっていた。配信者特有の雰囲気があり、声も潑剌《はつらつ》としていて聞き取りやすい。だが、間違いなく女は焦っている。微《かす》かに乱れた吐息がその証拠だ。

その息遣いにどこか既知感を覚えた。

『うん、と……。〝ミーナ〟で思い出してくれますか？』

「……」

業はすぐに通話を切った。

直後、また『海』から着信が来た。業はすぐ拒否ボタンを押す。またかかる。業はアカウントをブロックした。これで二度とかかってくることはない。

あとで公開済みのＩＤも消し、このアカウントを手放そう。

ミーナ――乃亜《のあ》を推していたノア友の一人。ソロライブを共にした戦友……。だが、業にとってはもう戦友ではない。ノア友は全員裏切り者だ。

ファンを名乗る連中が「一生応援してます！」「永遠の推し！」と口を揃《そろ》えて吐き出す嬌声《きょうせい》は、ただの虚言だ。戯《ざ》れ言《ごと》だ。呆《あき》れるほど浮気《うわき》性なリスナーたちの姿勢を、VTuber本人と同じくらい痛感した業はもう、彼らを信じられなくなっていた。

それにしても、どうしてミーナがいまさら接触してきたのか。

――ピンポーン。ピンポン。ピンポンピンポンピンポンピンポン。

続いて襲ってきたのは、悪夢のように鳴る部屋のチャイムだった。

何事かと動揺した業は玄関の覗き穴から外を見やる。

玄関の前には、あの少女が立っていた。丸眼鏡を掛け、キャスケット帽を頭に載せた小《こ》洒落《じゃれ》た姿。そこからプラチナブロンドの髪が零《こぼ》れ落ちている。ドアスコープに収められてもなお小顔で、美々しい容姿が眩《まぶ》しいほどだ。

その雰囲気は一年前のまま。間違いない、ミーナだ。

「なんであの女……おれんちまで特定してんだ……っ」

痰《たん》の詰まった声で罵る業。名義も変えたのに、通話アプリのアカウントまで見つけてくるし、アパートまで特定しているとは……。業は炎上というセンシティブなネタを扱うだけあり、特定班の標的にされぬよう、身の振り方は弁《わきま》えてきた。

それゆえ、この突撃戦を仕掛けられたことには忸怩《じくじ》たる思いだ。

「ねえ！　カルゴさん、いるんですよね？　出てきてくださいっ」

そう言って力強くドアを叩《たた》かれる。ドンドンドン。平日の夕方、郊外のアパート付近には仕事帰りの会社員、買い物帰りの主婦、学校帰りの小学生の影も増えつつある。

「さっき通話の声もこの部屋から聞こえてきましたっ！　お願いします、出てきてくださ い！　カルゴさん！」

業は観念して扉を開けた。

「やめろ……！　静かにしろ。頼むから」

ここで以前の名義を叫ばれても困る。

都内某所で暮らす未来なき若者に対する世間の冷たさなど、業もよく知っている。

どうせ彼らは無関心だ。だとしても、その名で呼ばれることがなにより辛《つら》い。

玄関を挟んで対話。――のつもりだったが、ドアを開けた瞬間、少女は無遠慮に部屋へ押し入ってきた。

「お、おい……」

「はぁ……。よかった……。ありがとうございます、カルゴさん」

ミーナは愛想笑《あいそわら》いを浮かべ、しれっと靴を脱いでゴミ屋敷《やしき》に上がり込んだ。足が蒸れているのか、玄関から続くキッチンには湿った足跡がくっきり刻まれた。

「ありがとうございます、じゃない。なんでおれのアパートを知っている？」

業はそんなミーナを睨《ね》めつけて言う。

「去年ご実家へ行ったことがあるんですよ、わたし」ミーナは息を整えて振り向く。「お母様に聞きました。わたしを見て、嬉《うれ》しそうに教えてくれましたよ」

業は手で顔を覆う。

あの日、気が動転して卒倒した業に肩を貸したのは他の誰でもない、ミーナだ。そのまま実家に送ってくれたのである。

そのときの容姿端麗な少女が、お先真っ暗な息子を訪ねて現われたら、親も気を悪くするはずがない。

「だったらさっきの通話は？　なんだ、この〝海〟って」

「本名から取りました。小鴉《こがらす》海那《みな》。ミは海って書きます」

図らずもミーナ——海那の本名を知り、業は唖然《あぜん》とした。海那がSNSでアイコンをカラスにする理由もこれではっきりした。苗字《みょうじ》の小鴉。安直すぎる。

「違う。どうしてかけてきたって意味だ」業は威圧するように問う。

「荒羅斗《あらと》カザン」

「うっ……」業は呻《うな》った。

その名が【燃えよ、ぶい！】を執筆する業の活動名義だ。

海那は顔のこわばりを解いて言う。「……カルゴさん、わかりやすいです。アララトってノアの方舟《はこぶね》が辿《たど》り着いた山ですよね？　執筆開始時期も乃亜ちゃんが引退したあとだし、幻の【Ark!】もあったから、察しのいい人は気づきますって」海那はしみじみ言う。

業は開き直り、かつての戦友を罵るように言う。

「バレたっていいさ。乃亜推しカルゴの後日譚《たん》に誰も興味なんかねぇよ」

「わたしは……興味ありましたけど……」

小恥ずかしそうに頬を赤らめる海那。そんな態度で、心を開くとでも思っているのか。業がどれほど苦痛を味わい、醜態を晒《さら》してきたか。

「それに、わたしだけじゃなくて気にしていた人はたくさんいたと思いますよ」

「嘘《うそ》はもうたくさんだっ！」業が声を荒げる。「おれがDiscordでいくら呼びかけても、誰一人反応しなかったじゃないか。俺のことを気にしていたんなら——」

業の悪態に、海那も眉を吊《つ》り上げた。

「……あのですねぇ、みんなもショックだったんですよっ……」

「っ……」業は思わぬ反撃に息を呑《の》んだ。

「推しにあんな姿見せられてっ、炎上を目《ま》の当たりにしてっ、どうやって立ち直ったらいいかわからなくてっ……苦しんでいたんですよっ……！」

海那も半ば涙目になって訴えた。

「逆に、カルゴさんこそなんなんですか！」海那は語気を強める。「推しが炎上して苦しいってときに、ファン同士で交流なんてしていられると思いますかっ！　どんな気持ちで参加すればいいんですかっ！」

業は意表を突かれた。指摘されて初めて、そのファン心理に気づく。自分自身が周囲も認めるトップオタだったこともあり、余計に業は虚を突かれた。

海那は悲しげな表情を浮かべ、震える声で言った。

「カルゴさんは……本当に乃亜ちゃんを推していたんですか……？」

追い打ちをかけるその言葉が業の胸を抉《えぐ》る。推していたのか？　本当に。

カルゴは推しの醜態を見ても傷つくどころかさらに応援を加速させた。当時は信仰の強さゆえと解釈したが、普通ならそこで落ち込んで然《しか》るべきだ。推しの醜態を見せられ、落ち込み、向き合えなくなる。これがファンだ。だったら苅部《かるべ》業は――。

「……」

海那の追及を咀嚼《そしゃく》しきれず、業は言葉を詰まらせる。

虚《むな》しく時間だけが過ぎた。まだ、彼女が現われた目的を聞いていない。けれど、その前にはもう、心にできた穴が、穴だったかどうかすらわからなくなるほど掘り返された。

「……すみません」海那はつぶやく。「喧嘩《けんか》しに来たわけじゃないんです」

悄然《しょうぜん》と立ち尽くす業を見て、海那は後悔していた。本当は、自分のほうが誰かの支えなしでは、立っていることすらやっとだというのに。

一方の業は、海那を追い返す気力もなくなり、「ああ」と喘《あえ》ぐばかりだ。

「カルゴさん――いえ、荒羅斗カザンさんに、わたしを炎上させてほしいんです……」

海那はあらたまって業の目をじっと見て言った。その瞳はあの日のように、小刻みに震えていた。

4

前日の夜――。

鏡《かがみ》モアの配信は、終盤にはかろうじて盛り上がりを見せた。

突如あらわれた鰯《いわし》クンというリスナーのスパチャによって、魚類の難読漢字に話題が転じ、魚の焼き方をネタに、場を取り持つことができたのだ。

海那は内心ほっとしていた。感謝の意を込め、せめて次の夕食は鰯にしたい。

モニター前のウェッジウッドの置時計を一瞥《いちべつ》し、配信を終える頃合いを見計らう。

『はーい。じゃあ、そろそろ今夜もコールと行きましょう』

画面の中の自分――鏡モアが笑顔を向ける。海那は昔から〝お開き〟のことをコールと呼ぶ癖がある。そのままVTuberとしての配信でも使っていた。
○とどめの目刺しは草
○モアラーも目刺しになるんやで
○目がぁぁ目がぁぁぁぁ
○えーいまきたばっかり～
○告知期待
『あ、その前に……告知でしたね』海那はごくりと唾を飲み込み、覚悟を決める。『なんとなんと！　明後日《あさって》の金曜日二十時より、いま話題のゲームを配信しま～す！』
○おおお？

○なんだろ？

○視聴者参加型？

『ゲームの内容はこちら――夏の備えに！　スリムハンドルアドベンチャー！　……というわけでシルエットわかりますか？　察しのいい人はわかるよね？　そう、みんな気になってることだと思うんですけど……。やっぱり女の子としては夏に向けたシェイプアップをとね～。あはは』海那は気丈に振る舞う。

○そっちかぁ～

○切り抜きが捗《はかど》るな

○モアちゃんスリムハンドル初見じゃない？

○体重バレ注意

『あ、そうなんです。初めてなのでお手柔らかにお願いしますっ。――必ず見に来てくださいね！　それではまた～。おつもあー』

○おつもあ～

○言うて大した告知じゃなかったな

○楽しみにしてます！　またねモアちゃん！

小鴉海那は、逃げ去るようにＯＢＳの配信停止を押した。配信終了を確認したあと、その場で腕を組んで頭から突っ伏す。「はぁ～……」

二日後のゲーム配信のことを思うと、憂鬱で仕方がない。

やおら顔を上げ、魂の抜けた Live2D アバター『鏡モア』と向き合う。

スリムハンドルアドベンチャーとは自宅で運動ができる体感ゲームだ。この実況配信を考えたのは海那自身である。だが、望んだことではない。

プロデューサーである鏡モアのママ（＝キャラクターデザインを担当したイラストレーター）からプレッシャーをかけられ、追い詰められた結果、海那が自らこの配信を企画したのだ。

鏡モアはデビューして二ヶ月の新人 VTuber。

まだ絵に毛が生えた程度の若輩だが、YouTube のチャンネルはデビュー直後から登録者数二万人を突破して好調な伸びを見せた。というのも、そのママであるベササノの影響が大きかった。その肉体《ガワ》のデザインに合った艶《つや》のある声、配信慣れしてないピュアな反応がリスナーにウケた。

一方で、そこから先、跳ねる要素がなかった。

最近は配信の同時接続者数も二百人に届かず、百人程度を推移している。コアなファン以外、リスナーには飽きられたのだろう。

ファンが一人でも見ているなら――という言葉はマネタイズを無視した甘い幻想。

結局のところ、VTuberは収益性が見込めなければ、嵩張《かさば》る運営費をペイしたり、活動の意義を見出《みいだ》したりすることが難しくなる。デビュー時期が同じ新人VTuberにはチャンネル登録者十万人も目前という者もいる。そういった新人はグループの影響が大きく、箱推しファンの存在がリスナーの増加に拍車をかけるのだ。

その格差を鏡モアが良しとしても、ベササノが許さなかった。

そこで考えた苦肉の策が、ややセクシーな活動路線へのシフト。

スリムハンドルアドベンチャーの実況がなぜVTuber――とくに女性VTuberがよくやっているかというと、きつい肉体負荷によって自然と出てくる喘ぎ声が色っぽくなり、センシティブギリギリを攻めることで視聴者数を稼げるからだ。

しかし、この策も成功するかは怪しい。既存VTuberが散々やり尽くしたネタだ。

ピコ――。Discordの通知音が鳴った。それも何度も。


――2022年6月24日――

○ベササノ　今日21：07
：さっきの配信は何だよ？

：告知の仕方もっとなんとかならなかったのか？

：もう少し盛り上げて言わないと中途半端《ちゅうとはんぱ》になるだろ！

：明後日これで反響が薄かったどうする？　もう後がないだろ？


いつも通りの威圧的なチャット。……ベササノからだった。

鏡モアが所属する『ベササノ・Vプロダクション』のプロデューサー。

彼はイラストレーター界隈《かいわい》では有名絵師と称《たた》えられ、SNSでも人格者と評されている。

人気絵師が生んだキャラクターなら伸びること間違いなし。さらに人格者と名高く、活動に困ったときも良き相談相手になってくれるだろう。

——と、このオーディションが行われた頃には話題になったものだ。

そんなネットの評判は、無情にも実態とかけ離れたものだった。


：このあと反省会な。ビデオオンにして待ってろ。

始まった——。
配信が終わった後、必ず行われる反省会と称したハラスメントボイスチャット。

ベササノはほぼ半裸に近い状態でビデオ通話を始め、嫌がる海那《みな》にもビデオ機能のオンを強要する。そしてセクハラ発言を繰り返す、オンライン反省会が延々と続くのだ。

はじめてベササノに接触をしたとき、その違和感に海那は気づくべきだった。


――『ベササノ・Vプロダクション』始動！　魂オーディションを開催します！


その告知をTwitterで目にしたとき、海那は躊躇《ちゅうちょ》なく飛びついた。

オーディション内容は公開されておらず、希望者に直接連絡されるという。

海那はそういったオーディションにありがちな審査を想定し、歌ってみた音源の準備、特技や一芸――とくにバレエの経験で培《つちか》ったダンス、あとは滑舌披露といったものを熱心に練習した。ここでの海那の最大の落ち度は、世間知らずを自覚していなかったことだ。

面接は、夜間に何度かビデオ通話をしただけで終わるお粗末なものだった。

ビジネスやサービスにおいて〝簡単無料〟という謳《うた》い文句はリスクを伴っている。

それは小鴉《こがらす》海那が、鏡モアというVTuberとなって学んだ最初の教訓だった。

そうして一ヶ月が経《た》ち、ベササノの嫌がらせは日に日にエスカレートした。

海那のストレスは限界に達していた。まだかろうじてリアルの住所を知られていないことが救いだ。これで住所まで特定されようものなら自宅に押しかけられ、最悪、直接的な性的嫌がらせを強行されるかもしれない。

両親にも相談できない。この状況をどう説明できるだろう? VTuberをやっていることも秘密にしている。――その活動をサポートしている成人男性から性的嫌がらせを受けている。そう親に相談する勇気は、いまの海那にはない。

その個人情報もスリムハンドルアドベンチャーの配信に賭けられていた。

同時接続者数の目標は五百人。その結果次第では、小鴉海那はベサノとの夜の食事デートを強要されることになっていた。

「ああ……どうしよう」海那は嘆いた。

ベサノは性欲の強い男だ。

海那も察していたことだが、これまでコラボ配信が叶《かな》ったほかのVTuberの女の子から、その配信後には遠ざけられるのを感じていた。

意を決して、そのうちの一人から、訳を聞いてみたことがある。

どうやらベサノはその肩書きを利用し、ほかの女の子と関係を作ろうと執拗《しつよう》に鏡モアのコラボ相手に粘着しているようだ。およそ海那が未成年のため、手出しすることに踏ん切りがつかず、ほかの女性VTuberでひとまずの性欲を満たそうとしているのだろう。

VTuber界にも義理人情というものがある。狼藉《ろうぜき》をはたらくVTuberは爪弾《つまはじ》きにされ、コラボ配信の機会を失う。すると、リスナーの動線がなくなって視聴者がつかなくなる。

不届き者は村八分にされるというわけだ。

海那も自ら、誰かとコラボ配信をすることを避けるようになっていた。ベササノの本性を知らず繋《つな》がったVTuberの女の子に、嫌な思いをしてほしくない。

ベササノからのチャットが続く——。


：ところで明日の賭け、覚えてるか？

：楽しみだな。どっちに転んでも俺はいいけどな。


海那はおぞましさを感じた。そのメッセージを見たとたん、海那は吐き気を覚え、部屋を出てトイレに駆け込む。

最低の男に器《ガワ》をもらってしまった。

「う……うう……うっ……」

引退したい。自分が甘かった。VTuberをやめたい。

けれど、少なからず百人のファンが鏡モアを応援してくれている。

彼らの期待に応えられなければ、海那は自分自身が許せなくなり、ほかのどんなことにも挑戦できなくなるような気がした。

推しの引退がどれほどつらいかは、よく知っている。

以前は自分も、そちら側にいた身だから――。

◆

小鴉海那は、容姿にコンプレックスがあった。

その顔はむしろ人から羨まれるほど美人。父親は日本人で、母親はイングランド出身。いわゆるミックスドレースである。親の世代からは「ハーフ」と呼ばれることのほうが多い。この境遇は、日本のような島国ではとくに不便だった。

幼少期、海那はクラスメイトからよく特別視されていた。

ほかの子と同じように日本で生まれ、日本の国籍を持ち、日本語を話すというのに。

海那は物心つく前からダンス好きな母に連れられ、バレエスクールに通っていた。

その癖で会釈《えしゃく》はカーテシーが基本だった。バレリーナは指を綺麗《きれい》に伸ばし、服をすっとつまみ、お辞儀する。それがカーテシーだ。そういった高潔な作法が小学生の目には奇異に映ったのだろう。お人形めいた上品さはクラスで浮く原因となった。

海那は歳《とし》を重ねるにつれ、自分という存在がコミュニティに馴染《なじ》めない、恥ずべき人間なのではないかと思うようになった。学校生活だけではない。街へ買い物に行けば、読者モデルのスカウトによく声をかけられる。もちろんナンパにも──。

まるで四六時中、誰かに監視されている気分だ。

すれ違えば誰かが視線を向ける。注目を浴びる。品評にかけられる。

常にランウェイを歩かされる心境。それゆえ、美容には気が抜けない。美しさの誇張ではなく、他人に細かな欠点を見透かされないようにするための防衛本能だった。

そうして守ってきた玲瓏な髪。白い肌。細い足。ぱっちり二重のまぶた。

街中で声をかけられるたび、海那は身を竦《すく》め、自らの容姿を気にかける。そんな絵画めいた完璧性を求められる容姿が嫌いだった。

人間不信に陥りかけていた小鴉海那にも一人、友達がいた。

それが霧谷彩音《きりたにあやね》という、さばさばとした性格の少女だ。彩音とは中学三年生のとき、都内の私立高校の説明会で知り合った。

学校説明会には清潔な服装とふさわしい頭髪で、といった暗黙のドレスコードがある。

海那は地毛が金髪なのでどうしようもなく、説明会では終始目立っていた。

そこに霧谷彩音が登場。──彼女の髪は紫がかった銀髪。これでもかというくらい髪を派手に染め、誰かあたしを止めてみろ、と挑発的な態度で馳《は》せ参じたのである。

そんな彩音のことが、海那はひと目で好きになった。

晴れて同じ高校に入学したあと、海那は彩音とよく一緒に過ごした。

彩音は流行《はや》り物が好きだ。それは海那のように人に怯《おび》え、人に合わせるための振る舞いではなく、逆に脚光を浴び、毎日を楽しむための自己アピールの手段のようだ。

高校に入学して一ヶ月経ったある日のこと——。

「なあ、ミーナ〜。これ知ってる?」

彩音がスタバでフラペチーノに吸いつきながら、スマホを海那に見せた。

彩音は海那のことをミーナと呼ぶ。ミとナの間の〝ー〟があったほうが語感がいいのだとか。

「ん?」海那は口をすぼめて画面を覗《のぞ》き込む。「なにこれ、アニメ?」

とぼけた返答すら可愛《かわい》い海那。そんな彼女に彩音は微笑《ほほえ》みながら答えた。

「ちがうちがう。これね、ブイチューバーっていうんだ」

「ぶい……ちゅー?」

「にひひ、かわいいなミーナ」彩音はからかうように笑う。「YouTuber はわかるよね」

彩音も VTuber に憧れを抱く一人だった。

　――VTuberになれば簡単に別の自分になれる。彩音がそう説く。

　容姿を好きに決め、画面の中でチヤホヤされる存在。なんて気楽だろう。

「へぇ～」海那は食い入るように見つめた。動画の中で面白おかしく喋《しゃべ》る、VTuberなる美少女たちの振る舞いに心奪われたのだ。

「おもしろいね。彩音も推しがいるの？」

「あたし？　あたしはこの子かな～。かわいいっしょ」

　彩音がアプリの中で特定の動画をタップし、推しを海那に見せつけた。

　それは『星ヶ丘ハイスクール』というVTuberグループの清楚《せいそ》系黒髪少女――報光寺玲《ほうこうじれい》という女の子だった。

「歌がすごく上手《うま》いんよ。……だけじゃなくて玲《れい》ちゃんはこう、カリスマ性があって、見てるとスカッとする。リスナーに媚《こ》びないってーかさ。海那も推そうよ」

　それから彩音に誘われるまま、海那はＳＮＳでアカウントを作り、YouTubeで報光寺《ほうこうじ》玲のチャンネルを登録した。当初は玲の活動を追うためだったが、そこから『星ヶ丘ハイスクール』という箱を知り、ほかのVTuberも知るようになった。

「――ねえ彩音。乃亜《のあ》ちゃんだけなんかファンの活動が際立《きわだ》ってない？」

　一学期の中間考査も終わる頃、すっかり二人は推し活に熱中していた。

「ああ」彩音は当然のように言う。「乃亜推しカルゴな。こいつはヤバい」

「か、カルゴ？」

海那《みな》はその奇抜な名前に戸惑った。夢叶《むかなえ》乃亜の活動を受け、賑《にぎ》わうファンの発信源はいつだってそのリスナーだった。海那はそのTwitterアカウントに目を通す。

ポップに描かれたカタツムリのアイコンが非公式イベントの告知を繰り返している。

「投げてるスパチャの額がヤバいんだわ。まず当然のように乃亜の配信には一番乗りで現われるし、かけてる金と時間がすごい。けど、こいつの一番ヤベーところは乃亜だけじゃなくて同じファン――ノア友って言うんだけど、そこに積極的に絡《から》んでくとこかな」

「……それ怖くない？　囲われるみたいで近寄りがたいんじゃ……」

推しに迷惑をかける事態になりかねない。海那も距離感の近い人は苦手だ。

「それがそうでもないらしくてねー。不思議だけど、乃亜推しカルゴは絶対に自分が一番乃亜を推していることをひけらかさない。リスナーのどんな些細《ささい》な声援にも真摯にお礼を言う。――乃亜本人以上にね。絡みを無理強いしなくて、あっさりしてるらしいよ」

アイドルを推すような競争心の強いファンとは正反対だった。

「へぇ……。変わった人だね」

「ノア友が個々でやってる趣味にも付き合ってくれるんだって。ゲームはもちろん、カードとか映画とかプラモとか声劇とか……？　リスナーもリスナーで趣味あんじゃん？　推し事以外のさ。そういうのを応援してくれるんだと。あたしもよう知らんけど。本人曰《いわ》く『乃亜ちゃんのスローガンに準じてます』だってさ」

夢叶乃亜のスローガン。――〃ノア友と一緒に夢を叶える〃だ。

乃亜推しカルゴは、ノア友の夢も応援しているのか。それはもはや推し事の域を超えている。まず、個人では身がもたない。

「界隈《かいわい》では人外説も囁《ささや》かれてるよ。運営が雇った組織説だの、仕組まれたＡＩ説だの。海外ニキも――あ、海外のVTuberファンのことね――英語や中国語、インドネシア語で絡まれたとかって騒然としてる」

「語学も堪能《たんのう》なの？」海那は親近感が湧き、目を見開いた。

「うーん……。噂《うわさ》だからね、あたしも詳しくはわからん」

彩音が頬を掻《か》き、情報屋の名折れを恥じるように目を伏せた。

小鴉《こがらす》海那は、気づけば乃亜以上に乃亜推しカルゴのことが気になっていた。

人を避けて生きる自分とは対照的なその存在が、奇特に思えたのだ。

そうして海那は乃亜推しカルゴをきっかけに乃亜を推すようになった。海那もまた、カルゴの策略にやられた一人というわけだ。

◆

思えば、憧れていたにすぎなかったのかもしれない。

海那はトイレで気分の悪い脊髄反射に耐えながら、そう振り返っていた。

インターネットという電子の水面下では、なにか飛び抜けたことをしでかし、誰かの心をときめかせる存在がいる。それが〝界隈〟をつくり、眺める人々の心を躍動させるのだ。乃亜とカルゴは、合わせて一つのエンターテインメントだった。ノア友はその一幕を観劇しているだけでよかった。

でも夢叶乃亜は炎上し、乃亜推しカルゴも消えた。

二人が消えてから、喪失感の中で海那は、自分にも何かできるのでは、という地に足のつかない計画を考えていた。

それこそが自分もVTuberとなり、VTuberを救う方法を探すことだった——。

日本にはVTuberが三万人ほどいる。全世界で見れば、五万人だ。

ただ、この数値はどうやってもちゃんとした統計が取れないようになっている。

名乗るだけでVTuberになれるのだから。中には配信活動もしないまま、ＳＮＳにだけ存在する半端者《はんぱ》もいた。ファンが誤ってVTuberの一人にカウントされることさえある。

きっとこれからの技術の進化により、VTuberはより普遍的な存在になるだろう。

一方で、いくら体裁の整った配信を行い、ファン獲得競争に参戦したとて、惨敗《ざんぱい》して引退するVTuberも多い。

おそらく五万人のうち、半数以上はもう活動していない。

引退理由は体調不良、プライベートの都合、やる気がなくなった、など様々だ。

けれど、やむにやまれず引退に追い込まれるVTuberもいた。その最たる要因――それが海那も目の当《ま》たりにした【ネット炎上】だった。

VTuberとは、体のいいペルソナであり、中には〝魂〟がいる。

ＡＩがVTuberとして配信する例もあるが、それはそれとして魂――すなわちガワを操り、意思を持つ〝中の人〟がいるのが前提だ。

だから、VTuber界隈ではその生身の存在を〝魂〟と呼んでいた。

魂が核となり、VTuberをパーソナライズするのだ。

その魂がどこかで、いかにも人間らしい失態を見せたとする。

すると、それがスキャンダルとして取り沙汰され、目撃者の手で拡散されて糾弾が始まり、ネット炎上として燃え広がるのである。哀《かな》しき哉《かな》、VTuberの引退もそうして引き起こされる。あの夢叶乃亜のように——。

それなら魂を替え、また別の誰かが〝夢叶乃亜〟を演じればいい。

それがそうもいかない。VTuberの個性は魂やその運営方針によって成立し、中の人が変わるということは、まずありえない。過去にそういったケースを目の当たりにしたリスナーは、どこかおかしな現象を見せられた気分になった。

——あれ？　いままで応援していた子は……？　と。

仮にそこにいるのが同じ器《ガワ》だとしても、魂が変われば別人だ。では、VTuberがやむなく引退したあと、魂はどこへいくのか？

VTuberではなく、生身の配信者として活動しているかもしれない。

どこかの芸能事務所でタレントとして活動しているかもしれない。

あるいは、また別のVTuberに〝転生〟しているかもしれない。

取り残されたVTuberファンはそんな彼らにどう向き合えばいいのだろう。

魂のことが好きになってまた推す者もいる。もう推しのVTuberではないからと別人として扱い、追いかけない者もいる。

それぞれの価値観に基づき、吹っ切るしかないのである。

ただ唯一、それぞれの中で変わらない真実がある。……ファンが推しの死に嘆き悲しんだという過去は、二度と変わらない。

そんな悲しい出来事が、VTuberという存在が生まれてからこの六年もの間、頻繁に繰り返されてきた。

彼らはどんな思いで仮想世界を去ったのだろう。

無念だっただろうか。道半ばで諦めて悔しかっただろうか。

VTuberの先には数多くのファンがいる。規模によっては数十人から数百万人のファンを抱えるVTuberもいる。もし彼らがいなくなれば、悲しみの声は際限なく増える。

鏡モアですら百人ほどのリスナーを抱えているのだから――。

「うっ……ぷ……。うぅ……」海那はまた、えずいた。思考の現実逃避から舞い戻り、またトイレの水を流す。

綺麗《きれい》になった水面に映る〝鏡モア〟が、じっとこちらを見ている気がした。

どうしてこうなってしまったのだろう?

海那が目指した〝魂〟の救済――。同じ世界の住人になれば、より近い距離でVTuberの魂を救う方法が見つけられるのではないか。当初はそう思っていた。しかしこれでは、自分自身が悲劇のるつぼのただ中だ。

所詮は海那も他人を救うなどという英雄的所業を成し遂げる器ではなかったのだ。恫喝《どうかつ》に怯え、不甲斐《ふがい》なさに苛立《いらだ》ち、震えて何かに寄りかかるだけの——。

「ああ………。あぁぁあ……っ」海那はまた泣き、その恥辱をそぎ落としていく。

揺れる水面鏡の中、VTuberの自分がまどろんで消えた。

一階で楽しそうに過ごす両親の会話にはっとなり、自室に戻る。

スリムハンドルアドベンチャーについて、せめて喘《あえ》ぎ声というバーチャルタトゥーを最小限に留《とど》める方法でも考えようとiPhoneを取り出した。

ブラウザを立ち上げ、〝Discover〟に表示されたページの数々をスクロールする。

この機能について、海那はどうにもスマホ越しに日常が盗撮されているように思えてならない。ふと、ページのスクロールがぴたりと止まる。

——荒羅斗《あららと》カザンの【燃えよ、ぶい！】

VTuber界隈の炎上ニュースを取り扱うそのサイトに目が留まった。

まるで誰かが意図的に、そこへ導いたかのようだ。海那はどういうわけか、そのブログに釘付《くぎづ》けになっていた。

「あれ……ら……と？　あら……ら……？」

プロフィールには律儀《りちぎ》に「あららと　かざん」と、ふりがなまで振ってある。

変わった名前だ。批判覚悟でこんなゴシップをまとめ上げる度胸もすごい。不思議とその名前の響きが印象に残り、興味本位で「あららと」とは何かを調べてみた。

――アララト。アララト山。

アルメニアの都市やトルコの山が検索に引っかかる。海那は驚き、目を剝《む》いた。アララト山とは伝説によると、ノアの方舟《はこぶね》が大洪水のあとに辿《たど》り着いた到着地点だ。

ノアの方舟。夢叶乃亜《のあ》の初シングル【Ark】が頭に浮かぶ。

そしてVTuberの炎上記事を扱っているという関連性。海那は夢叶乃亜を推し、VTuberを始めるきっかけにもなった、とある男を思い出した。

「……カルゴ……さん？」

そこには縋《すが》るような思いがあった。

VTuberになってからの苦労を踏まえ、あらためて海那は自分に欠けていて、けれど救済に必要不可欠なパワーを持つ男の存在に気づく。

誰かのために、他人のために、全力を尽くして突破口を開くバイタリティの塊。

彼こそ、夢叶乃亜が遺《のこ》した方舟のエンジンだ。

「乃亜ちゃんの……方舟《アーク》がここに……」

5

「――自分自身を、炎上させたい……だと?」

「そう……です」海那《みな》は悄然《しょうぜん》とした様子で答えた。

業《ごう》は少しばかり驚き、唾を飲み込む。

元は一人のファンだった一般人が、推しに憧れてVTuberを始めることはザラにある。

だが、こうして目の前の美少女がVTuberの魂をやっていると打ち明けられたことには、妙な違和感があった。彼女は推しが炎上した経験があるのだ。

「百歩譲ってVTuberを始めたのは、まぁいい。個人の自由だ。でもそれを自分自身で炎上させたいって、舐《な》めすぎじゃないのか」

どういう経緯であれ、推しが燃えたらリスナーが悲しむ。

そんなファン泣かせなことをしようというのは頂けない。業が炎上したVTuberを記事にするのは、彼らがクズだと判明したあとだ。

もっとも、この自演による炎上を依頼したという時点で十分な火種だが。

萎縮して下を向く海那に業は白んだ目を向ける。

「経緯はわかった。だが、おれが助けてやる義理はない」

「そんな……っ」

海那は顔を上げた。その目元が潤んでいた。

業は、にべもなく淡々と言う。

「昔のよしみで一つだけアドバイスしてやろう。炎上ってのは災害みたいなもんだ。交通事故とはまた違う。故意に起こそうとして起こせるものじゃないし、ネットの関心を引きつける要素がなければ、誰も見向きもしない。おれも火付け役を担《にな》ったことはない。シンプルで効果的なのは自演だ。匿名掲示板にでも晒《さら》してみろ。運が良ければ、誰かが飛びつくさ」

「でも、それじゃあ――」

「その覚悟はあるか？」

「うぅ……」

海那は肩を縮こまらせる。絹糸の髪がしおらしく揺れていた。

実際、業は炎上の速報やまとめを掲載する程度の、順張り路線のブロガーだ。

ネタの先出しには未公開の情報が必要だが、読者のタレコミごときで集まる些細《ささい》な情報には誰も興味がない。ゴシップ好きな読者が見たいのは小さな事実ではなく、派手に燃え広がる大火事。

業のブログは、まだその震源地たるポテンシャルを持っていない。

「わたしは救いたいんです」海那は悔やむような顔で言う。「これから不遇な末路をたどるかもしれないVTuberたちを。これは人助け……いえ、VTuber助けみたいなものです」

海那の考えはシンプルだ。VTuberの魂を救う。その結果、ファンも救われる。

意気込みはご立派だ。――目的と手段がちぐはぐなことに目を瞑《つぶ》れば。

「……」業は天井を仰いで目を瞑る。その実、勘弁してくれ、と心で呟《つぶや》いていた。

この少女は、業に――炎上系ブロガーの荒羅斗カザンに助けを求めてやってきた。

その方法が「自分自身を炎上させてくれ」というもの。あまつさえ、その悪魔の所業がVTuberを救う手立てに繋《つな》がる、とまで考えているようだ。

なんて浅ましく、愚かな考えだろう。

「もし本当に、おれが鏡モアを燃やすことができたとして」

業は言いかけて、止めた。

燃やすことができ、できたとしたら――。

はたと気づく。「——そうか」

星ヶ丘ハイスクールの運営は合理的な考えに基づき、夢叶《むかなえ》乃亜を殺した。

業の青春はそうやって拝金主義者に都合のいい金儲《かねもう》けの道具にされ、金《あい》を巻き上げられたあとに売られたものは悲惨な末路。

結果、客《カルゴ》はこんなザマだ。

けれど、もし客のほうが推しにふさわしい死に花を咲かせることができるなら？

そう思い至った瞬間、業の錆《さ》びついた頭に歯車がかちりと嵌《は》まり、空転していた思考のからくりがとたんに回り始めた。

業はその悪魔の所業に、海那の思いとはまた別の意義を見出《みいだ》していた。

幸い、ここにその可能性を試せる裏切り者がいる。利用しない手はない。

「あんたが考えるヒーローごっこの最初の救済対象が、あんた自身になるわけか」

「情けない話ですけど……」

海那は拗《す》ねた表情を浮かべた。

「あの……カルゴさん、その、あんたって呼び方やめてくれませんか。わたしはカルゴさんを信用してこの話を打ち明けてるんですから」

「じゃあなんて呼べばいい。鏡……？　モアか？」

「その体はもうお別れするので……」

海那はこそばゆいように小声で続けた。

「ミーナがいいです」

「その名前は……」ノア友だった頃の名義である。いまの彼女はミーナではなく、鏡モアでしかない。

「ミーナでいいんです。カルゴさんには、そう呼ばれたい」

「呼ぶほうのおれが抵抗ある」業は苦い表情を浮かべた。

「あれ？」海那が意外そうに顔を覗き込む。「カルゴさんって呼ばれることは否定しないくせに？」

「……」

痛いところをつく。再会してから今日だけで二度目だ。

業は短く溜《た》め息をつき、気変わりしたように言った。

「いいだろう。あんたの覚悟を試すチャンスをやる」

「本当ですかっ」海那は手を合わせ、ぱぁっと明朗な表情を浮かべる。海那の瞳は宝石のようにきらきらと輝いていた。

6

名声には必ず責任が伴う。

イラストレーターは、個人クリエイターが動画、漫画、小説、同人ゲームといった創作物をさまざまなプラットフォームで発信できる現代で花形といえる職業だった。

娯楽が増えすぎた現代、創作物に視覚的情報を与えられる彼らの仕事は、どの創作現場にも需要がある。大物ならば一つのイラスト作品に対する反響は絶大だ。

だからこそ醜態を晒さぬよう、コンプライアンス意識も求められる。

火種が些細なものであっても燃え広がれば甚大《じんだい》な被害になるのだ。

「これだけじゃダメだな」

共有ストレージを経由して海那からデータを受け取った業は、スクリーンショットの数々を眺めてそう言った。火種としては弱い。

「どうしてっ……」

海那はデスクチェアの背もたれに手をつき、業の肩越しに画面を覗《のぞ》き込む。

艶《つや》やかな金髪から漂うベルガモットの香りが業の鼻腔《びこう》をくすぐる。

「どうしてもなにもインパクトに欠ける」

「そんなことないですっ。だって、これ、ほら――」

海那がマウスをひったくり、ストレージ内の画像をくるくると流した。

そこにはいままでベサノが吐いた暴言が数多く納められていた。それだけでなく、鏡モアがコラボした女性VTuberとのチャットも激写されている。

○ベサノ

：桃《もも》ちゃん、今度えっち方面のファンアート投げていい？

○ベサノ

：まいまい～、絵描きとしては中身の印象もわからないとイラストに起こせないんだよね。ビデオ通話しようよ～

○ベサノ

：アミィってリア凸ＯＫなの？　アミ虐ってネタにされるくらいなんだし、リアルでもドＭなんだよね？　今度凸っていい？　住み近いでしょ

海那が意を決して、これまでのコラボ相手から入手した証拠画像だ。

ベサノの醜態を晒すため、彼女たちに無理を言って集めたものである。

もちろん当人たちの名前を伏せて晒す許可まで取っていた。必ず被害者に報いるつもりで共有したのに、業ときたら、その思いを無下にするかのような反応だ。

これでどうしてインパクトに欠けるというのか。

「この程度のスクショなら偽造できる」業の乾いた瞳がそれらを審査した。「多少のネガキャンにはなるだろうが、本人がしらばっくれたら終わり。おれのブログを読んでる読者連中も見飽きたネタだろうな……」

スクリーンショットだけで炎上を引き起こせたのは数年前までだ。

大手を相手取って晒し上げた場合、いまでは晒した側が都合のいい部分だけを切り出したのではないかと疑われることすらあるほどだ。

ベササノは、表では人格者と評される人気イラストレーター。

無情にも、ネットにおける不祥事の解釈は信者の多い方が有利に働く。

そんな泥沼の係争に発展すれば、海那もいつまでも呪縛から解放されないだろう。

この炎上の目的は、海那がベササノとの関係を断ち切るきっかけをつくり、鏡モアというVTuberを引退させることにある。

――業はベササノという男の立ち回りを、ある意味では評価していた。

核心を突く発言は避けている。セクハラと捉えられるかどうかは発言を受けた側の印象の問題だ。被害者の女性VTuberの返答は、やんわりしたものが多い。そこには有名イラストレーターへの忖度《そんたく》も見え隠れしていた。

さすが相当の知名度を誇る男だけあって隙は少ない。だが、しかし――。

「……ふむ」業《ごう》は怜悧《れいり》な視線を向けた。

人の本性は名声が膨らめば膨らむほど増大する。ベササノのように、ここまで裏で好き放題振る舞っている男は、その驕《おご》りゆえ必ずどこかで綻びが生じるのだ。

業はSNSやブラウザの検索で情報を素早く集めた。

「これが使えないなら、どうすれば……」

海那《みな》は愕然《がくぜん》とした様子で時計を一瞥《いちべつ》した。時刻はもう、夜八時を回っていた。ゲームの配信まで残り二十四時間を切っている。

「まったく使えないわけじゃない」業は特定のスクリーンショットを選出した。「この稀《まれ》林《りん》アミィという個人勢の女。ベササノとのやりとりとしては一番スクショの枚数が多いな？」

「アミィちゃんは協力的でしたよ。まだデビューしたての頃から、わたしとも仲良くしてくれて……。でも、いまではわたしより人気です。ここだけの話、大手グループからも引き抜きのスカウトが来てるって言ってました」

「なるほど」

海那の補足情報をもとに、業は稀林アミィのチャンネルやTwitterを調べた。

チャンネル登録者は六万人ほど。動画を視聴すると独特のロリボイスと話題の斬新さ、下ネタも取り上げる器量でコメントを捌《さば》いていた。

Twitterのほうでタグ検索をかける。

ファンアートの絞り込みでベササノのIDも検索条件にかけると——。

「これだ」業は指を鳴らす。「アミィはベササノと既に深い仲にありそうだ。ファンアートの枚数が格段に多い」

フォロワーの多いイラストレーターからのファンアートは貴重なノイズとなる。

稀林アミィは男の扱いが上手《うま》い女だと言える。思わせぶりな態度でベササノをその気にさせ、つかず離れずの関係を維持しているのだろう。

それでいながら、セクハラの証拠を鏡モアに提示しているということは——。

もしかすると大手グループのスカウトを機に、身辺整理を図っているのかもしれない。

ベササノの粘着が今後は邪魔なのだ。

「海那。稀林アミィと連絡を取れるか？　いますぐに」

「は、はい……っ」

「アミィから出来る限り、ベササノの日常的なチャットも収集してみてくれ。とくに、セクハラ発言以外を」

「セクハラ発言以外……？　何に使うんですか？」

海那が怪訝《けげん》な表情を浮かべる。色情狂のベササノを燃やすためには、女性VTuberに対する悪事を晒《さら》す以外ないと考えていただけに意外だった。

「こういうヤツは導火線を変えた方がよく燃える。一見して隙がないように見えても、背中はガラ空きだったりするもんだ」

業は獲物を見定める猛禽《もうきん》の目で画面を睨《にら》む。それに海那はすっかり魅了されていた。

7

初夏には海外でも熱狂の渦に沸き、推しへの愛を叫ぶ人々は多い。

七月頭。日本の隣国——中国は上海《シャンハイ》でオタク向けの一大イベントが催される。

それが『ビリビリワールド』だ。中国におけるポップカルチャーの発信地である国内最大級プラットフォーム、ビリビリ動画。アクティブユーザー数は二億人を超え、その数は既に日本の総人口数を遥《はる》かに凌《しの》ぐ規模の巨大マーケットに成長していた。

だが、市場が巨大でも隣国には隣国の矜持《きょうじ》がある。

日本の漫画やアニメコンテンツも配信するビリビリ動画は、夏の祭典ビリビリワールドでもそれらコンテンツの展示ブースを作り、原作者を招いたトークショーも企画する。それが原作に対する敬意だ。

ベササノも今年のビリビリワールドにおいて、人気スマホゲームで手がけたイラストの数々が展示される予定となっていた。本人が上海に赴《おもむ》くわけではないが、海外ファンは原作絵師のイラスト展を楽しみにしている。

『こんにちは。ご無沙汰しています。少し相談があって連絡しました』

業はQQというチャットツールから知り合いの中国人に中国語でチャットを送った。

『カルゴ！』熊のアイコンからの返信。

南極熊《ナンジーシオン》は、業が乃亜《のあ》推しカルゴの名で幅を利《き》かせていたときに知り合った海外ニキの一人である。

南極熊の反応は早かった。

『カルゴ、久しいが元気だったか？　乃亜が燃えてからDD化したと思っていたよ』

DDとは「D誰でもD大好き」の頭文字を取った中国のネットスラングだ。

次から次に現われるVTuberを片っ端から好きと騒ぐファンを揶揄《やゆ》して〝DD〟と呼ぶ。

相手が単推《ダンツエイ》かDDか。それがオタク同士で会話を盛り上げるとき、地雷を踏まないための重要な情報源だった。

DDは浮気性《うわき》という烙印《らくいん》を押され、からかわれるのだ。

『熊さん、また動画翻訳と代理投稿をお願いできませんか？』

慇懃《いんぎん》な態度で業は頼んだ。

『なんだ』察した南極熊がチャットの雰囲気を変える。『通話に変えるか？』

『その方が意図も伝わるかもしれません。よければ』

『もちろんだ。カルゴからの恩は忘れていない。あのときのグッズは大事に飾ってる』

南極熊は快く話を聞いてくれた。

当時、業が中国人ファンに売った恩は多岐に亘《わた》る。

日本人VTuberを推す中国人が抱える問題は、言語の壁だ。

日本語を履修する学生も多いため、彼らの方が日本語が堪能《たんのう》であることが多い。しかしながら彼らの想《おも》いとは裏腹に、推しが中国人とコミュニケーションを取らないケースが多かった。彼らは国境の壁によって片思いを強いられる。

公式グッズも海外発送に対応しないことも多い。そんなとき、彼らは日本在住の中国人ブローカーを経由してグッズを入手するが、悪徳業者も多く、梱包《こんぽう》が雑でグッズが悲惨な状態で届いたり、金を受け取った後に高飛びされたりすることもザラだ。

乃亜推しカルゴはそんな哀《かな》しい思いをする海外ファンを作りたくなかった。

発送先に業の実家を指定するよう指示し、公式から届いた商品は懇切丁寧に梱包して彼らに国際便で郵送した。もちろん手数料も取らず。

そうまでして恩を売るカルゴを不審に思った中国のノア友は、なにか見返りが欲しいのかと尋ねた。――乃亜ちゃんへの応援が見返りですよ。当時のカルゴはそう答えた。

『その男は狗狗《ゴウゴウ》か？』

南極熊は真面目なトーンで聞き返す。日本語で犬――ワンワンという意味だが、中国では侮蔑の意味が含まれる。クソ野郎なのか、と南極熊は訊《き》いている。

「プロデューサーを騙《かた》って豆腐を食べてます」業は中国語で答える。

『ああ』南極熊は嘆息した。『よくある話だ』

中国語で〝豆腐を食べる〟とはセクハラという意味だ。

ベサノの人となりを伝えた程度では、南極熊の協力とその先にいる数多《あまた》の中国人たちの憎悪《ぞうお》を焚《た》きつけることはできない。業もそれは予想していた。

彼らが敬愛しているものは日本の先進カルチャーだ。

推してもいない無名のVTuberが、セクハラ被害を受けている程度は些末《さまつ》な出来事。その晒し動画を投稿したとしても、大して再生数は稼げないだろう。

もっと本質的な部分で火に油を注ぐ必要があった。

「ベサノは来週、上海でイラスト展示会を開くそうです。知ってますか?」

業がURLをチャットに貼り付けた。ビリビリワールドの特設ページへのリンクだ。

『おぉ。日本のコンテンツブースはいつも賑《にぎ》わう』

「実は彼、こんな発言もしてまして――」

業は海那に集めさせた秘策を公開した。南極熊の声色が変わる。

『この画像が本物なら』押し殺した声で南極熊は宣言した。『我々が彼を晒し上げるには十分な動機になる。来週の話だ。話題性も強い』

南極熊のそれはまるで品定めするような物言いだ。

それもそのはず、南極熊は動画投稿で稼ぐ、とある投稿者集団の幹部だった。

彼らの活動範囲はビリビリ動画にとどまらず、その他のショート動画投稿アプリにまで及ぶ。彼らにとって炎上とは極上の商品なのだ。

「本物です。ガセなら自分の身を危ぶめることくらい、おれも熟知してますよ」

『カルゴ。おまえは良い男だし優秀だ。話を持ちかけてくれたことに感謝する』

「一晩あれば元動画はこちらで用意しましょう」

不敵な笑みを浮かべ、南極熊とのボイスチャットを終える業。ヘッドセットを外し、背筋を伸ばす。その淡々とした様子を海那は唖然《あぜん》と眺めていた。

「どうした？」振り向く業。

「さすがカルゴさん……。噂《うわさ》通り、海外にも手が届くんですね」

「なに言ってんだ？」

業は肩をすくめて立ち上がり、自然体のまま用を足しに向かう。

海那はその背を見送りながら、乃亜推しカルゴは噂通りの人物だったのだと再認識させられた。海那の計画には彼が必要であることもだ。

業が戻ると、気怠《けだる》そうに壁掛け時計に目を向けた。

「二十三時……」

業は意図して海那と時計を交互に見比べた。顎で合図し、海那に時間を気づかせる。業も海那も現役の高校生だ。若い男女が同じ部屋で過ごす時間帯としては適切ではない。

「あ……」気づいたように海那が反応する。

「まぁそういうことだ。時間も時間だし」

業は海那が察したことに安堵《あんど》して、言葉を付け加えた。

両手をぱっぱっと開き、海那を追い払うようなジェスチャーを送る。だというのに、海那は何を勘違いしたか、紅潮させた顔を両手で覆い、狼狽《ろうばい》し始めた。

「え、えっと……。そう、ですよね……。ははは、わたし、経験ないんだけどな」

「なんの話をしているんだ」

「わ、わかってます……！　いまのわたしにできるのは、それくらいってこと……っ」

「なにか勘違いしてないか？」

「か、かか、覚悟の上ですからっ！　信頼の証《あかし》ですもんねっ」

なにを血迷ったか、海那《みな》はブラウスの裾を握り、勢いよく捲《めく》ろうとしている。

業《ごう》は咄嗟《とっさ》に海那の腕を押さえた。すでに彼女の肌着ごと捲《まく》れつつあり、白い玉のような肌が業の目に飛び込む。両者しばしの硬直。業も慣れない状況にドキドキしていた。

一方で、業はもう普通の青少年とは別次元の思想に漬け込まれている。

夢叶《むかなえ》乃亜という女こそが、業のすべてだった。

「おれは、なにも望んでない」

「あ……、う……」海那も次第に冷静になる。「ごめんなさい。……だって、さっき覚悟を試すって」

「あんたを試すのはもう少し後だ」

言って業は徐《おもむろ》に海那の腕を放した。海那は眉根を寄せる。

「あんたはもう帰っていい。あとは、おれがうまくやる」

「でも……」海那は帰りたくなさそうだった。

「安心しろ。明日の昼頃にはベササノ炎上のニュースが世界中に広まるさ。ゲームの準備より、引退表明の言葉でも考えておくことだな」

実のところ、それは業なりの精一杯の気遣いだった。

その思いやりは見事に空振りしたらしく、海那はその顔色をみるみる険しくさせた。

「えっと……。また〝あんた〟って言いましたよね？　それNGワードですよ」

「はぁ？」

「あんたは禁止です。ちゃんとミーナって呼んでください」

「言ったか？　おれが？」

「言いましたっ！　三十秒前にっ！　しかも二回も」

業は頭を掻《か》きながらぼやく。「妙なところで圧の強いやつだな」

「カルゴさんがずるいからですよ」

「なんのことだ」

「ずっと前から思ってました。カルゴさん、いつも他人に恩を売るくせに、お返しは受け取ろうとしませんよね。いまだって、なにも望んでないって言いました」

「それのどこが悪い？　見返りを求めて行動するやつよりずっといい」

「いけません。だって恩を返せなかったら、こっちがずっと持ってなきゃいけないじゃないですか。恩を抱えたままにさせるなんて憎い人ですよ」

「だから、それが推――」

業は思わず言葉を呑《の》み込む。もうこれで三度目。突如現《あら》われた少女は、何度も業の本質をえぐり、どこかで非人間らしい自分を解き明かしてしまう。

業は、無償の愛を捧《ささ》げることに慣れすぎた。見返りを求めなければ、他人が自分の隙間に入ってくることはない。そういう生き方がちょうど推し活というブームにぴたりと嵌《は》まったのだ。業は乃亜を推すことで気楽な生き方に傾倒していた。

――本当に乃亜ちゃんを推していたんですか……？

業は乃亜を応援していたのか、もうわからなくなっていた。

あるいは、依存していただけかもしれない。そんな自分が乃亜をあの舞台に推し上げ、火の海へ放り込んだのだとすると――。

「……」

壁時計の秒針が静寂な部屋で時を刻んでいた。海那のほうもばつの悪さを感じていた。いまから助けてもらおうという人間が、差し出がましいことを言ってしまった。

「んと……なんか衝突してばっかですね。わたしたち」

「そんなに何かしたいなら勝手にしろ」業は無機質に答える。

「……じゃあ、このまま寝泊まりの準備をしますね」

「はっ？　と、泊まる？」業が悲鳴を上げた。

海那は部屋の隅に寄せられたゴミを取り上げ、ビニール袋にまとめて放り込んでいく。

その手際《てぎわ》の良さに驚きを隠せない。

「なに勝手にひとん家《ち》を漁ってんだっ」

「恩返しに、せめてお掃除でも……。きっとこのありさまだと二時間はかかりますし、そのまま泊まらせていただきます」

「親が黙ってないぞ」

「放任主義ですから、ちゃんと連絡すれば大丈夫です。友達と口裏合わせますよ」

海那は楽しそうに掃除を始めた。まるで押しかけ女房《にょうぼう》だ。

「せっかくなのでベッドの下、埃《ほこり》っぽいので掃除してもいいですか？」

「そこはダメだ！　絶対に！」

業は聖域を守る騎士のように海那の前に立ちはだかる。

「あはは。冗談です。もちろんパソコンの隠しフォルダもです。わたしだって年頃の男の子の聖域に踏み込もうなんて無粋なことはしませんって」

業は胸をなで下ろす。ベッドの下は確かに聖域だ。絶対に侵入を許してはならない。

それから業は、海那に張り合うように掃除を始めた。深夜に掃除機をかけることはご近所さんの迷惑を考えたら憚《はばか》られたが、背に腹は代えられない。

いまは海那という侵略者に聖域を荒らされぬよう、抵抗するときだ。

8

二人がかりで片付けると、あっという間に部屋は綺麗《きれい》になった。

業はブラックコーヒーを淹《い》れ、海那に渡すと、さっそくベサノの炎上案件についての動画を作り始めた。

動画はフリーソフトで十分な、文字ベースのものを作成する。だが、中国の動画投稿者集団を経由して世界中に拡散させることを想定すると、低品質な動画は提供したくない。

誰でも動画が作れる時代だ。低品質な動画はそれだけで信用も落とす。

情報には鮮度があるように、品質は信用の指標なのだ。業のこだわりだった。

「なにか手伝うことはないですか……?」

海那が業の背に話しかけた。

「パソコンは一台しかない。残念だが、作業は分担できない」

業は振り向き、海那を見て思った。先ほどの大掃除で海那も汗ばみ、舞った埃が体に付いたことだろう。業は想像を巡らせ、最大限の気配りで言う。

「シャワーでも浴びてくればいい」

「なんですかそれ。提案がいやらしいですね」

「おれなりの気遣いだ！」

「はは、冗談ですよ。お言葉に甘えてシャワーを借りますね」

言うと海那は緩慢に立ち上がり、風呂場《ふろば》へ向かった。疲労が見え隠れしていた。

深夜一時。昼夜逆転の業は、ここからが絶好調な時間帯だ。

炎上動画の構成は、まず視聴者がわかりやすいように全体像を紹介する。

それから経緯の説明に移り、対象が何をしたのかの言及、証拠画像の提示、最後に批判と扇情的な言葉で締めくくるといった流れが理想だ。

とくに、煽《あお》り文句や気の利《き》いたセリフ回しは、視聴者の心をぐっと摑《つか》む。

手際よく原案となる動画が完成した。それから業は声を吹き込むことにした。

文字だけの動画は訴求力が下がる。自動音声読み上げツールを使い、肉声を晒《さら》すことなく音声を入れていく。業も【燃えよ、ぶい！】を運営する中で、動画も一緒に投稿してアクセスの間口を広げる機会を作っていた。動画制作や投稿も慣れたものだ。

「ん～……！　完成か」

作業が一段落つき、業は背筋を伸ばした。

時刻は明け方四時半。外はまだ暗いが、早起きな人は起きてくる頃合いだろう。

振り向くと、海那は遠慮もなく業のベッドですやすやと寝ていた。

いつの間に寝たのだろう。布団《ふとん》に除菌スプレーは振りまいたが、洗濯したわけではないので申し訳なくなる。匂いとか大丈夫だろうか。

「……」

海那の寝顔を脇目に、業はひっそり〝鏡モア〟について調べ始めた。YouTubeのチャンネルを開く。ありがちな自己紹介動画、再生数が多いアーカイブがトップに並んでいる。

最初の動画投稿時期は二ヶ月前。アーカイブの再生数も平均千回ほど。

ガワの画力は凄《すさ》まじいが、まだ注目を浴びず、これからというVTuberだ。

業はいくつか動画を再生したあと、トップページに戻った。よもやこのVTuberが運営の責め苦に耐えかね、自死を望んでいるとは、ファンも露《つゆ》にも思わないはずだ。

「わかるわけがない……」

このVTuberに引導を渡したとして、ファンの思いはどうなるのか？

それからTwitterを開き、鏡モアの配信タグやファンネームタグで検索をかける。

□スポイデメン　@taitsumen
おつもあ。最近露骨なエッ……‼で個人的ににっこり
次回の配信も楽しみよのう（ゲス顔）＃モアタイ＃鏡モア
2022-06-24 21:10:38

□ヴォエーっと吐く鷹《たか》@モアラー　@p1y0h1k0
＃モアタイ　目刺し弁当は贅沢《ぜいたく》品。王道は日の丸。異論は認める。
2022-06-24 21:12:11

□鰯《いわし》クン　@nhonhokun3
また仲間の鰯が美味《おい》しく食べられる手伝いができたンホ！

モアちゃんの配信初だけど楽しかったンホ！　またお邪魔するンホ！　もっと仲間たちの美味しい食べ方を教えに行くンホー！　＃モアラー　のみんなよろしくンホ！

2022-06-24 21:15:59

□カスピ重曹@Ray民💊💉🌊☀モアラー　@juso_kasupi
鰯クンのサイコパスみがやばい　＃モアタイ
2022-06-24 21:41:03

□とま@モアラー　@tom0625
＃モアラー の皆さん今夜も＃モアタイ おつでした！　なんと明後日《あさって》の配信はスリムハンドルアドベンチャー！　モアちゃんがクリアできるか楽しみですね。今日のスクショ上げます！　実は明後日、僕の誕生日だったり……ちゃっかり祝ってもらえないかな（）
2022-06-24 22:05:16

〝□カルゴ@乃亜《のあ》推し　@kr5_mn
おつのあ！　今日の配信も推しがかわいすぎた。
乃亜ちゃんのかわいいを全力で共有していきます！
2021-06-24 23:04:40〟

「……っ！」唐突に襲ったフラッシュバック。夢叶《むかなえ》乃亜を推す自分の幻覚が映った。

あのアイドルは業《ごう》の憧れだった。スターだった。それがまるで悪魔のように微笑《ほほえ》み、心臓を鷲《わし》づかみにしてくる。

「ぐっ……うぅ……」業が呻《うめ》く。

「……えっ」ベッドで寝ていた海那《みな》が目を覚ます。「な、ななな、なんですかっ」

業の異変に気づき、仰天して掛け布団《ぶとん》を手繰り寄せた。欲情した業が変な気を起こして寝込みを襲おうとしたのでは、と海那も狼狽《ろうばい》した。

だが、そうではなさそうだ。海那はベッドを降り、業の背をさする。

「大丈夫ですかっ？」

「っ……」業は声にならない呻き声を上げ、頷《うなず》いた。

「よしよし。カルゴさんは大丈夫ですよ～」

海那は業を抱擁して震える体を包み込む。その怯《おび》えた様子は、大物イラストレーターの悪事を暴《あば》くダークヒーローめいた手腕を見せる姿とはかけ離れていた。

「乃亜ちゃんに――」業が悔いるように呟《つぶや》く。「乃亜ちゃんに会いたい……」

海那は気づいた。この男が変わったのはどうやら外見だけらしい。

「そうですね……。もしかしたら、いつか会えるかもしれません。わたしもついてます。だから大丈夫ですよ」

いつか会える。そんな気休めの言葉が業の耳を素通りする。

自らの過去に疑いを持ち始めたいま、業はそのほろ苦い香りのする少女に身を預けていなければ、いまにも喉を掻《か》きむしって死にそうだった。

9

翌日、Twitterのトレンドに『ベササノ』の名前が載った。

近く上海《シャンハイ》で開催されるビリビリワールドにおいて、ベササノが携わる人気スマホゲームの出展が急遽《きゅうきょ》中止されるというニュースがきっかけだった。

火種となった動画。それはベササノと複数のVTuberとのチャットログだった。

とあるVTuberとのやりとりの中で、外国人を貶《おとし》める発言がばっちり捉えられていた。

ベササノは一気に信用を失墜させた。もはやイラストレーターとして活動自粛せざるを得ないほどの大炎上。請け負っていた仕事もすべてキャンセルとなり、当然、それは彼のVTuber事業である『ベササノ・Vプロダクション』にも飛び火する。

海那は業に指示されていた通り、何度もベササノにDiscordから通話をかけていた。もちろん、出ないことを確信して。

おまけに業務的なチャットログも残す。無頓着な相談は身の潔白の証明になる。


――2022年6月25日――

○鏡モア　今日16：51

：ベササノさん。本日の配信のことで相談したいのですが、よろしいですか。
：お忙しいとは思いますが、今日のことですので……。ご連絡をお待ちしてます。
〇鏡モア　今日　20：00
：申し訳ありませんが、自主的な判断で配信をキャンセルします。

ベササノは取り込み中のようで、まったく反応がない。

仕事を山ほど抱えていたベササノが、個人事業で始めたVTuberプロジェクトの対応を後回しにすることは想定済みだ。それ以外の出版社、ソーシャルゲーム運営、イベントコンベンション会社といった企業とのやりとりで手が回らないのだ。

鏡モアの配信は自己判断で中止。そう判断した経緯を証拠に残す。

「カルゴさん、モアラーのみなさんには……」

海那は配信予定時刻が迫る前に、意味深長な表情で業に尋《たず》ねた。

「その件はもう少しあとだな」業はしれっと言う。

「……？」海那は首を傾《かし》げる。「でも、せめて配信中止の連絡はしないと——」

何か重大なことを見落としているように海那は思った。けれど、それが何なのかは摑めずにいた。業はじっと海那の様子を見ている。

「どうしましょう……？」

「ファンのことくらい、自分で考えたらどうだ」業がにべもなくそう吐き捨てる。

ひとまず海那は直前になって配信中止をツイートで報《しら》せた。リプライでは、モアラーから心配の声が数十件もついた。

海那が業のほうに向くと、相変わらず彼はただじっとこちらを見るばかりだった。

数日経《た》ち、ベササノ炎上による一連の騒動が落ち着きを見せた頃、本人から鏡モアへ連絡があった。まるで、人が変わったかのような丁寧な口調で。

――２０２２年６月28日――

○ベササノ　今日14：25

：先日のご連絡、返信できずに申し訳ありません。Discordを立ち上げることすらままならず、連絡が遅れてしまったことをお詫《わ》びします。

海那はその連絡を受けたとき、すっかり日常の中にいた。

昼休みには彩音《あやね》とお弁当を食べ、午後の古典の授業中、来週に控えた一学期の中間考査のことで気を揉《も》んでいたときだったため、まるで体に電流が走るようだった。

放課後、急いで業のアパートへ押しかける。ベササノから連絡があったら来るように言われていたのだ。ここでメッセージを無視することは賢明ではない。

○鏡モア　今日18：41
：とんでもないです。災難でしたね。

○ベササノ　今日18：55
：今後のVTuber運営について相談したいことがありますので、ボイスチャットをする時間をいただけませんか。

——来た。海那は背筋が震えた。

正直に言えば、海那はもう、ベササノと通話をしたくなかった。

このまま自然消滅的に連絡を途絶えさせればいい。そう考えていたが——。

「逃げるな」業は頑《かたく》なに否定する。「ベササノはこれまでイラストレーターとして持て囃《はや》されて生きてきた。職を失ったいま、途方にくれたこの男が真面目にアルバイトを始めて懸命に働き出すと思うか？」

業は肩をすくめて告げる。

「答えはノーだ。燃えたやつは必ず燃やす側に回る。この男がどの界隈《かいわい》を目の敵にするかわからないからこそ、そんな危険な爆弾を放っておけない。鏡モアが逃亡すれば、あんたを〝弱いやつ〟と認識して騒動が終わる。それだけじゃない。炎上の火種をばらまいたのも鏡モアじゃないかと疑い始めるだろう」

「カルゴさんの考えすぎじゃないですかねぇ……」海那は気乗りしなかった。

「いや」業はしかめっ面《つら》で首を振る。「これは普通の引退じゃない。敵や恨みの種をつくることになるんだ。そういう輩《やから》は徹底的に潰しておかないと足元をすくわれる」

業の口ぶりは、まるで裏社会で生き抜くための諫言《かんげん》のようだ。だが、確かに——。

「ご無沙汰してます。ベササノさん」

海那は震える声を押し殺し、通話相手に話しかけた。

『……』

ベササノは答えない。相手の様子がわからない無言が時間を引き延ばしていた。

「お元気でしたか？　……鏡モアも、この一週間は活動休止したままです」

海那はあらかじめ業とすり合わせていた台詞《せりふ》を読み上げる。脚本さえあれば、かつてセクハラやパワハラを繰り返した男とも対等に話すことができた。

『………じゃねぇ』何か声が聞こえた。押し殺したような喘鳴《ぜんめい》まじりの声が。

「はい？　なんですか？」

『お元気ですか、じゃねぇ！』ベササノが語気を強めた。脚本がチャートBに移行する。

「どっ……どうしたんですか？　落ち着いてください」

海那は内心びくびくしながら、努めて冷静に振る舞った。

『おまえだろ……。おまえがあんな動画つくって、世界中に拡散したんだろう！』

「え……」

ベササノの恫喝《どうかつ》を受け、心臓が飛び跳ねる。海那は涙目になって隣に目配せした。

そこにいる死神は不敵な笑みを浮かべ、とんとんと自身のイヤホンを指で叩《たた》く。

彼も通話音声を共有している。それがどんなに心強いことだろう。

『おかげで俺の人生は終わりだっ！　どうしてくれんだ？　ええっ？』

「ちょ、ちょっと待ってください。わたしがベササノさんのことを告発したって言いたいんですか？」

海那は仕込みの台詞を読み上げる。

『そうだろう？　あのチャット、鏡モアとコラボしたVTuberの女たちとのものばかりだったじゃねぇか！　あんなの集められるのは、おまえしかいないっ』

「ひどいです。わたしは告発動画なんてつくってないのに」

嘘はついていない。動画をつくったのは荒羅斗カザンという、どこの馬の骨とも知れぬ炎上屋だ。なぜかその男の手にチャットログが渡っていたわけだが。

『ふざけるなよっ！　絶対に復讐《ふくしゅう》してやるからな。おまえが今後新しくVTuberを始めたって地の果てまで付け回してやるっ！　地獄に道連れにしてやるからなっ！』

その発言を聞いていた死神がニヤリと笑みを浮かべる。海那《みな》も安心感を覚えた。死神は次にふさわしい台詞を指差した。

「え――」海那は感情を込めて喋《しゃべ》る。「新しくVTuberって……」

ベササノの口からそう言ったことが何より重要だった。

「鏡モアはもう、終わりなんですか？」恍《とぼ》けたように海那は訊《き》く。

『当たり前だろ！　おまえバカかっ。こんな状況で俺の事業が続けられると思ってんのかよ！』ベササノは吠《ほ》え続けている。

「いえ、その」海那は溜飲《りゅういん》を下げつつ冷静な声で続けた。「だってそれはベササノさんの判断ですから。でもよかった。じゃあ鏡モアは引退でいいんですね」

『はぁ？　そんなことはどうだっていいんだよっ！　それよりもおまえが俺を貶めたことを絶対に復讐――』ベササノがヒートアップしていく。

感情的な男の声はどうしてこうも脅迫的で、野獣の咆哮《ほうこう》のようになるのだろう。目配せするとと死神も頷いた。大丈夫らしい。

「わかりました、ベササノさん。では、これにてわたしのお仕事は終わりということで。お世話になりました」

『あっ、おい！　待て。通話切るなよっ⁉　おまえとはまだ何も――』

　ベササノの怒りが止《や》む気配がない。彼のご近所が、その怒声で迷惑を被っていないだろうかと、海那は他人を心配する余裕すら出てきた。

「ベササノさん。解雇されたので、ここから先は対等な関係ですよ。まだ執拗《しつよう》に罵声を繰り返すようでしたら、いままでの通話音声も然《しか》るべき場所に提示します」

『は……っ？』ベササノは咳《せ》き込み、そのまま絶望を吐き始めた。『ゴホッ、ゲッハ！　オエエエエ』

「えーっと、なんでしたっけ」海那は通話を振り返った。「地獄に道連れ……とか、あとバカって言いました？　これって侮辱罪に当たるんでしょうか」

『あっ……ああ……。あぁ……』

　ベササノの歯がガチガチと音を鳴らした。

　この男は一度、炎上を経験した。晒《さら》される恐怖が心に刻まれている。

「勝手に通話を録音するってダメなんでしょうけど、わたしもわたしで、いままでたくさんベサノさんに虐《いじ》められてきましたから……。正当防衛というやつです」

海那の心は晴れ晴れとしていた。その台詞にもアレンジが加わりつつある。

「そうそう。過去のわたしへの威圧的なチャットもスクショに残してありますよ。わたしは告発のことはまったく知りませんし、誰にもスクショを渡したりしてませんので、わたしとのログはまだ公開されてなかったと思うんですが……。もしそれでも疑うようなら、こちらも追加で告発できるかなって思うんですよ。さっきの通話音声と一緒に」

ベササノはなにも言わなくなっていた。窮鼠《きゅうそ》が猫を噛《か》んでいる。

「……もしもし？　どうしました？　ベササノさ〜ん」

問いかけるうち、ベササノのほうから事切れるように通話が切られた。

これで海那は自由の身だ。音声通話の終了を確認すると、業《ごう》はなんでもないことのように立ち上がり、ただ一言。「終わったな」

一人の人間が社会的に死んだというのに、業はおそろしく冷淡だった。

「やつが今後、あんたを攻撃してくることは二度とない」

「また、あんたって……」そう呼ばれたことに、ひとまず目をつむる海那。解放されたことで心の澱《おり》がすっかり消えていた。

業はぶっきらぼうに言う。

「本題はここからだぞ」

「え……？」海那は冷や水をかけられた。

10

□鏡モア　@MoreMirror

【大切なおしらせ】モアラーのみんなへ

ツイートに収まらなかったので、画像を見てください。

『モアラーのみんなへ

心配をおかけして申し訳ありません。本日をもちまして鏡モアは引退します。

突然のおしらせになって、ちゃんとしたお別れもできず本当にごめんなさい。

二ヶ月という短い期間でしたが、モアラーのみんなには配信を支えてもらったり、動画を楽しんでもらったり、たくさん応援してくれたこと、振り返ると感謝の気持ちでいっぱいです。本当にありがとうございました。

わたしは弱虫なところがあって、VTuberをやることで弱い自分を克服しようと、このプロジェクトに飛び込みました。

そこでみんなと出会って、わたしのほうが楽しませてもらうばかりでした。

なにより悔しいのは、ファンのみんなにちゃんと恩返しできないことです。こんなわたしのことを見つけてくれて、支えてくれてありがとう。またどこかで……というと、未練がましいので、やめておきます。

モアラーのみんながずっと元気でいてくれることを願ってます。

本当にありがとうございました。』

2022-06-28 20:18:09

海那は打ち終えたメッセージを何度も読み返し、目を潤ませながらツイートした。

そのときには業の真意を理解していた。

──あんたの覚悟を試すチャンスをやる。

事もあろうに、海那はこの別れをまったく覚悟していなかった。

推しの引退がどれほどつらいかはよく知っている。……はずだったのに。

魂の想《おも》いは当事者になって初めて思い知った。

この結末は酸鼻のきわみだ。

VTuberが引退するというときには、とくにファンの間で通夜《つや》が始まる。その悲しみの声はファンが多いほど膨れ上がり、阿鼻叫喚《あびきょうかん》の中で見送られることになるのだ。

しかも、その声は死んだ魂にも直接届いてしまう。

□とま@モアラー　@tom0625

@MoreMirror　モアちゃん、いままで本当にありがとうございました。モアちゃんのことは初配信のときから知って一目惚《ひとめぼ》れでした。実は先日、僕の誕生日、モアちゃんの配信アーカイブを見ながらケーキを食べてすごく幸せでした。本当に悲しいけど、笑顔でさよならします。いつまでもお元気で。

2022-06-28 20:26:52

□ヴォエーっと吐く鷹《たか》@モアラー　@p1y0h1k0

@MoreMirror　おつもあでした。悲しい。

2022-06-28 20:30:11

□DNDN ざうるす　@2ApkgrO753VFYq1

@MoreMirror　モアちゃん……。仕方ないんだろうけど、本気でショックです。どこかでまた会えることを願って………。いままでありがとう。モアちゃんの弱み克服、これからも陰ながら応援してる！

2022-06-28 20:31:27

□スポイデメン　@taitsumen
@MoreMirror　モアちゃん謙遜するけどVTuberやってただけすごいやで！　弱虫じゃないやで。だから胸張ってええ。元気でやりや
2022-06-28 20:51:33

続々とリプライが届く。海那は涙が止まらなかった。

「あぁ……わたし……」

ほろりほろりと大粒の雫《しずく》が、業の部屋のカーペットに降り注いで染《し》みこんだ。海那の声はうわずって、やがて啼哭《ていこく》へと変わり、負け犬のように膝からくずおれる。

「そんな……うっ……うう……うぁぁあああ……っ！」

そんな海那を業は冷徹な眼差《まなざ》しで見下ろし、残酷な事実を突きつけた。

「鏡モアは死んだ」

「……っ！」海那は顔を引きつらせ、また気持ちまかせに泣き叫んだ。「ごめん……なさいっ……ごめんなさいっ。ごめんなさい！」

「あんたが望んだことだ」

「ごめんなさい……。ごめんなさいごめんなさいごめんなさいっ……」

もしベササノの悪質な運営に立ち向かう強ささえあれば、海那は〝鏡モア〟として、まだ活動することもできたはずだ。

だが、自分の弱さゆえに勝手な炎上を企て、結果、ファンを悲しませた。

海那はモアラーと、鏡モアという自分自身を裏切ったのだ。

「うっ……うっ……うぅぅぁあああああっ……わぁああああああっ」

「器を捨てるってのはそういうことだ。魂にとっては挫折。ファンにとっては推しの死。VTuberを救う？　これでか？」

海那は嘆き悲しんでいる。一方で、その様子を眺める業もまた感傷に浸っていた。

鏡モアのことではない。

それは、かつての推しのこと。

振り返れば、乃亜《のあ》の炎上でおかしいと思うことはたくさんあった。

あの乃亜が、ファンを裏切るような真似《まね》をするだろうか？　『星ヶ丘ハイスクール』という多くのVTuberリスナーを魅了したグループが、あんなふうに乃亜の炎上に無防備なままでいるだろうか。魂が特定されたタイミングも、どうにもできすぎている。

考えたところでもう乃亜の引退は覆《くつがえ》らない。けれども乃亜との別れは、もっと良《い》いエンディングがあったのではないかと考えずにはいられない。

鏡モアの引退は業にとって、これまでで最も乃亜に近づくものだった。

それゆえ、もしあのとき、こんなふうに、と愛惜の思いが止まらなくなっていた。

「……っひく……。わたし……。だって、もう……」

それは、いま終わりを迎えたばかりのVTuberも同じようで――。

「まあ」業は抑揚のない声で言う。「VTuberは魂だけのものじゃない。今回はあのクソ野郎が台無しにしたんだ。一人で抱え込むな。それに、あいつらも数日後には鏡モアなんて最初からいなかったように別のVTuberへ熱心にリプライでも送ってるさ」

皮肉にしか聞こえないが、業は業なりに海那《みな》を励まそうとしていた。

今回のことで海那の嘘《うそ》偽りない想いも証明された。

もう彼女は裏切り者じゃない。カルゴと同じ想いの、正真正銘のノア友だ。

「カルゴさん……」

海那はよろよろと立ち上がり、震える手で業の服の丈をつまんで泣き続ける。

業はそんな海那の腕を握り、ぐっと引き寄せ、怒気を込めて言った。

「いいか。なにかを成し遂げたいなら、その手でしっかり掴《つか》め。そんな細い指先で誰かを守れると思うな。わかったか」

「……はい」

「じゃあ、これをやる」業は掴んだ海那の手を開かせ、もう一方の手に持っていたものを強引に掴ませた。業が手を離すと、チャリンと音がした。

「……か、鍵……？」

「この部屋の鍵だ」

「は、はい……？　え、ど、どういう……」

意味がわからず、その意図を深読みして海那は顔が真っ赤になった。

「ミーナ。あんたをノア友だと認める。懺悔《ざんげ》がしたくなったら、またここに来い」

業はそれ以上、なにも語らなかった。けれど海那は初めて名前を呼び捨てされたことが嬉《うれ》しくて、自然と涙も止まっていた。

LIVE!

Case.2

波乱をたのしむ猫

彩小路ねいこ

身長　154cm
誕生日　7月29日
趣味　アニメ・漫画・ゲーム
好きなもの　焼肉
特技　瞬間記憶（でもすぐ忘れる）・速筆

AYANOKOUJI NEIKO

Free

#neikolive #ayanokouji　@neiko

Case.2 - 波乱をたのしむ猫 -

1

配信アーカイブを振り返るときにはもう、米子《よなご》一臣《かずおみ》は心のどこかで覚悟していた。

推しのYouTubeチャンネルのホームにはまず、チャンネル管理者が設定した〝一番に見てほしい〟動画がサムネイルで表示される。その下から、メンバーシップ加入者一覧、今後のライブ配信、再生リストなどと続いていく。

――『彩小路《あやのこうじ》ねいこch.』。そのチャンネル登録者数は七万五千人。

そこそこ知名度の高い、中堅どころの個人勢VTuberだ。猫大臣を自称し、Vを推す者の生活を彩《いろど》ることをスローガンに掲げている。

このホームデザインだけでも推しへの解釈がはかどる情報にあふれていた。

大きなサムネイルで表示されたトップ動画には、声真似を二十連発で披露した『アタシ二十面相！　猫大臣の本気見せたるわ【新人VTuber／彩小路ねいこ】』とある。その再生回数は十二万回にも達している。

ねいこがリスナーに見せつけたい自身の強みとは、ずばり声真似なのだ。

これの視聴は最後に取っておくべきだろうか……。

そんなふうに、これから起こるであろうことに着々と準備を進める自分自身に、ふいに米子は自己嫌悪《けんお》に陥った。——自分は無力だ。

米子は結局、手近にクリックできるアーカイブを流した。

それはつい昨日、配信されたばかりの七夕配信だ。クリックすると、チャットのリプレイも一緒に再生された。

○野良猫《のらねこ》が支持したそうにこちらを見ている

待機中、チャットは某RPGでモンスターが仲間になる場面のオマージュで飾られる。

これはねいこが過去に行ったゲーム配信で、仲間にしたいモンスターが一向に起き上がらず、無情な殺戮《さつりく》を繰り返したことでできた文脈だ。謂《い》わばファンの合言葉。

米子はこの共謀者めいたリスナーの言葉遊びも楽しみの一つだった。

肉球とネクタイを掛け合わせたアイコンが画面からフェードアウトすると、とうとう猫耳のVTuberが現《あら》われた。

『にゃろはー。あなたの生活を彩る猫省庁。猫大臣系VTuberこと、彩小路ねいこだぁ』

○こだぁ

○大臣きたー！

○こんねこ～

推しの登場とともに大々的な歓迎を示すリスナーたち。登場したのは、議員めいたユニセックスのワイシャツと小ぶりの猫耳がチャームポイントのVTuber、彩小路ねいこ。

彼らはこのギャルみのあふれる議員VTuberを溺愛していた。

その舌足らずな口調も耳触りがいい。名乗るときの「ねいこだぁ」の「い」が聞こえにくく、「こだぁ」が強調される点は、ファンを魅了してやまない特徴の一つである。

『今日も見に来てくれてありがとうぅ。猫公務員のみんなは、もうごはん食べたかにゃ～？　さぁて、あたしの今日の晩ごはんはなんだったでしょ～かっ』

すらすらと始まるクイズ。これは雑談前に場を温めるウォームアップにすぎない。

○魚肉

○まぐろ

○焼肉

○焼肉

○水

○七輪

チャット欄が加速する。

『残念でしたぁ。あたしの今日の晩メシはね～。きひひ。ゴーヤチャンプル～。リアルママンが最近よく作ってくれるんだぁ』

○庶民w

○旬だな

○沖縄の人？

そんなふうに平然と私生活を晒《さら》すところも親近感を覚える要素だった。

ねいこはその堅い装《よそお》いとは裏腹に、雑談で庶民的感想を忌憚《きたん》なく投げる――とくに、彼女は漫画やアニメ、ドラマといった流行におそろしく鼻が利《き》く。

個人勢ならではの過激発言もよく飛び出る、物申す系のVTuberだった。

そんな彩小路ねいこのファンネームは『猫公務員』――口頭では『支持者』と呼ばれることもある。彼女は配信でスーパーチャットに「血税ありがとう」と礼を言い、金額の多いファンを「高額納税者」とも呼ぶ。ときに「ファンの血税で食べる焼肉はうまい」と発言し、笑いを取る場面もあるほどだ。

これだけで、およそ猫公務員のばかげたノリを外野は察することだろう。

『ってなわけで今日はこの企画。いつもの投書とはちょっと違うよん』

ねいこは手書きのロゴを表示させた。

『じゃーん。――【短冊《たんざく》に書いて星にねがえ！】だぁ。どどん。ひゅぅひゅぅ』

効果音を入れ、ねいこ自身も自らの声で盛り上げる。

表示されたロゴはペンタブか何かで自筆したのだろう。丸っこい字が表示された。

ねいこはお絵かき配信もするが、その線はふにゃふにゃ。いかにも素人《しろうと》といった絵を堂々と披露する。けれど、それらは絵心にあふれていた。猫公務員はそんな純朴な自信を見せるねいこを見て、まるで娘を見守る父親のような気分にさせられるのだ。

『今日はね、いつも質問箱に届く投書を短冊ってことにして、みんなの願いを読み上げてくにゃ。短冊送ったやつは支持者のパワー集めて願いを叶《かな》えていけー！』ねいこはそのまま切り取った画像を表示する。『えーとぉ、んじゃ最初の短冊。全自動ヒジキさん。〝ねいこちゃんこんばんは〟――こばにゃ！　〝ぼくが七夕にほしいもの、それは推しからのお祝いの言葉です。実は今日、ぼくの誕生日です。どうか一言くれませんか？〟だって。はいはいはい！　こんな簡単なことに短冊使うんじゃねーっ！』
○序盤に読んじゃって大丈夫？　本人きてる？
○本人いなかったら草
『いなかったらまたあとで祝ってやるにゃ。それにね、どうせここにも最後まで配信見れない支持者もいんじゃん。そんなおまえらもちゃんと祝ってけ？　同じ党員の誕生日だ。あたしが、なるたけ多くのおめでとうを集めてやろうってわけよ』

○やさしいな

○これは惚《ほ》れる

ねいこはBGMを止め、声にエコーをかける。

厳粛な雰囲気の中、目を瞑《つぶ》って支持者の誕生日を祝おうと気を溜《た》めた。『んじゃ、準備はいいかにゃ？』そしてイントロを口ずさみ始める。

『では…………。……ぱぱぱぱーん。ぱぱぱぱーん。ぱぱぱぱんっ、ぱぱぱぱんっ』

だが、どうにもバースデーソングのイントロには聞こえない。そもそも、折にふれて誰もが歌ってきたあの曲に、イントロなどあっただろうか。

○なんか違くね？

○結婚式？

○それウェディングソングや

○草

『はっ！　ああああまちげえたぁぁああ！』エコーのかかった悲鳴が反響する。『やっちまったにゃぁああ！　お祝いってこんな感じの曲だったと思ってえええええ』

○ゼクシィwwwww
○適齢期？w
『……ち、ちが。ナチュラルにミスっただけっ！　仕切り直し！』
○わらったw
○全自動ヒジキ卒倒してんじゃね？
○推しに誕生日を祝ってもらおうとしたら挙式した件（ラノベ風）
○hjk 羨慕《シアンムウ》
○かわいいw
『お、おまえら覚えてろよ！　いやダメだ忘れろっ！　あぁぁぁ、まさかの短冊初手でポンだにゃぁぁぁ……』

七夕配信は和気藹々《わきあいあい》と進む。つい昨日のことだが、この半年でも最高のクオリティだったと思う。思い出は、簡単に最高が上書きされる。推し活とはそういうものだ。

ふと米子は寂しさがこみ上げた。

それから、ねいこが「案件くれ」と何度もつぶやいていた、お気に入り銘柄のチョコチップクッキーを無心で口に詰め込んでいく。そのボソボソとした乾いた炭水化物で、心の溝を埋める。その溝は今日できたものか、あるいは一年前、とある炎上事件をきっかけにできたものかはわからない。米子は、その菓子銘柄の広報担当者にツイートを見つけてもらい、推しと菓子会社の広報が繋《つな》がるのを、ただ待つしかなかった。

その作業も、いまや水泡に帰したというわけだ。

『――やぁぁ、今夜も伝説つくりあげちゃったにゃ～。さーてと、みんなの短冊読ませてもらったが、こっからはあたしの願い事の披露といこうかね』
○おお
○ねいこちゃんの短冊見たい
○どうせ焼肉
○七輪一年分とかな
『焼肉から離れろー！』ねいこはチャット欄に吠《ほ》える。『あたしが万感の思いを込めて、一筆したためてきたんだから心して聞けよにゃ』

ねいこは画面に手製の短冊を映した。スマホで撮影したもののようだ。

『あたしの願いはね、――【みんな笑って大往生！】。あっはっはっはー！　シンプルでいいだろ？　ラブアンドピースってやつにゃ。支持者のおまえら、もしつらいこととか悲しいことがあったら、あたしの配信に来い。笑わせてやるからにゃ！』

米子《よなご》は涙ぐむ。

『じゃ、今夜はここまでぇってことで〜。来てくれてありがとぅ。おつねこぉ』

このシークバーのように自在に時間を巻き戻せたら、どんなにかよかっただろう。

米子はそのまま歯を磨き、ベッドに入ることもできたが、そうはしなかった。不快感が胃、心臓、喉を上下して、おそらくこのまま目を瞑っても入眠まで二時間はかかりそうな気がした。ここ一年は眠くても、さっと眠れる日が少ない。

さらにはこんな夜だ。眠れるはずがなかった。

——SNSでは、彩小路《あやのこうじ》ねいこが絶賛炎上中だった。

主にツイッター、インスタグラム、彼女が活動していた先々のすべてだ。きっとインスタと連携していたPeingの質問箱には悪質なコメントが続々と届いているだろう。

主戦場のYouTubeにもガイドライン違反ぎりぎりのコメントが散見される。

推しの炎上。それは米子にとって二度目の経験だった。

一度目は一年前。星ヶ丘ハイスクールの夢叶乃亜《むかなえのあ》の炎上——。

一時期、米子はもうVTuberから離れようとも考えた。しかし、バーチャルの存在である彼女たちがコメントを拾い上げ、現実世界の自分たちと双方向のコミュニケーションを取る。その感動を忘れられなかった。

「くっ……」

米子は、出先では必ずかぶる野球帽を頭に押しつけ、外に出た。

黒のハッチバックセダンに乗り込み、エンジンをかける。

どこか目的地があるわけじゃなかった。寝つきが悪いとき、米子は趣味のドライブに身を投じてすべてを忘れようとする癖があった。都筑《つづき》I・Cから第三京浜道路を下り、都心部を大きく迂回《うかい》しながら羽田方面へ向かう。

路線が分散されて以来、この辺りの高速道路は、平日深夜帯には驚くほど空いている。

米子はアクセルペダルを踏み込んだ。

首都高から見える東京湾の絢爛《けんらん》とした光景は趣が深い。雑駁《ざっぱく》とした埠頭《ふとう》の倉庫群や商業区の煌《きら》びやかな景色は、個人のちっぽけな悩みを忘れさせてくれた。仮想世界の炎上とは無縁な、深閑とした雰囲気が心を癒やしてくれるのだ。そのまま芝浦ふ頭まで行くと、レインボーブリッジや台場の豪華《ごうか》絢爛な雰囲気に当てられ、気持ちも高ぶってきた。

イルミネーションを眺めれば、あの伝説のライブを思い出す。

夢叶乃亜のファーストソロライブ。妖精のようなドレスを身に纏《まと》う乃亜の、不慣れながら懸命に舞うパフォーマンスの数々だ。夢のようなひとときだった。

あの日々では、青春を取り戻したような気分になれた。

そうまで楽しませてくれたのは乃亜本人と、彼女を応援するファンの存在が大きい。

――乃亜推しカルゴ。彼はいま、なにをしているのだろう。

無意識に米子は江戸橋JCTを西に向かい、護国寺ICから下道に降りた。

その進路は池袋東エリアへと至る道。あのライブの日、自分はここで乃亜という天使に魅了された。しかしその日の晩には――。

「う、うぅ……」胸が締め付けられるような思いが、ふとこみ上げた。

路肩に車を止め、ハンドルに額をつける。自分はあの頃から変わらず〝キャップン〟という名でVTuberの推し活をしている。

SNSのプロフィールにも『乃亜推し』と明記して、それは変えていない。

そんな自分が、いまは彩小路ねいこを推している。彼女はグループに所属せず、個人勢として頑張っているVTuberだ。けれど、そこに刻まれたものは情緒纏綿《てんめん》、星ヶ丘ハイスクールらしさであふれている。

今回のねいこ炎上の原因は、乃亜の炎上とはまったく性質が異なる。だが、あの事件を教訓として、なにかできることがあるのではないか。

少なくともファンなら推しを擁護する。

○カルゴ　2021／9／12
：乃亜ちゃんの件、落ち着いたらまた一緒に応援していきましょう！

誰に見向きもされずとも、推しを庇《かば》い続けたカルゴの姿を思い出した。

彩小路ねいこに乃亜推しカルゴのようなファンはいない。ゆえに、炎上した以上はファンも愛想《あいそ》を尽かしてあっさり去っていくだろう。米子はそう考えたとき、これから彩小路ねいこには、夢叶乃亜より孤独な戦いが待っていることを予期していた。

自分に何かできないだろうか。

プチ炎上に抑え込んだり、火消しを手伝ったり、なにか……。

過去の教訓といえば、たとえば類似の事例があれば、その経過を調べることで解決の糸口を摑《つか》めるのではないか。

米子はスマホを取り出し、過去の炎上事件について検索することにした。

VTuberネタを専門にしているまとめブログはいくつもある。しかし、どうも記事が多すぎて、逆にまとまっていないまとめサイトばかりだ。そんな中、特に炎上事件のみを取り扱っている【燃えよ、ぶい！】というブログが目を引いた。

いまは炎上事件の過去事例を知りたい。米子はそこにアクセスした。

ブログ主は荒羅斗《あららと》カザンという人物だ。記事にざっと目を通すが、彩小路ねいこの炎上と類似したものはない。どうしたものか。

「……」

そのブログの文末には必ず「タレコミ募集中」の文言がある。

この男は力になってくれるだろうか。炎上を取り扱うブロガーに良識がある人間がいるかどうかは怪しい。だが米子はどういうわけか、そのブログに親近感を覚えていた。

2

海那《みな》は学校から帰ってすぐ料理、夕飯、お風呂《ふろ》のルーティンを済ませた。自室へ駆け込み、いつもなら抵抗なく座るデスクチェアに、だいぶ部屋をふらふらしたあとに座る。心臓はどきどきしていた。

そっと引き出しを開け、中に納めた鍵をつまみ出す。

――ミーナ。あんたをノア友だと認める。

そのときの業《ごう》のまっすぐな瞳、腕を摑む力、すべての情景が脳裏に焼きついている。恍《こう》惚《こつ》とした表情で、海那はそれを眺めていた。

刹那、ノックが聞こえ、「ミ～ナ～」母親が猫なで声で言う。

あわてて鍵を机にしまう。万が一、怪しい合鍵の存在を母親に知られたら、あれこれと心配をかけてしまう。海那が返事をすると母親が部屋を覗《のぞ》き込んできた。

雰囲気を察したのか、母親が訝《いぶか》ってジト目を向けた。

「どうかした？」海那は苦笑いを浮かべる。

「ミナちゃん、男の子って夏になるととりあえずガールフレンドをつくろうとする生き物だって知ってた？」母親がそう牽制《けんせい》をかける。「まぁ、クリスマスもなんだけどね。年がら年中発情してるの」

海那は呆《あき》れたように視線を天井に向ける。

母親は微笑《ほほえ》み、またリビングに戻って行った。用もないくせに部屋に来るとは珍しい。ひょっとすると、親は子どもにだけシックスセンスが働くのかもしれない。

海那は警戒心の薄れを自覚して気を引き締める。

それからデスクトップを起動し、今後のことについて考えはじめた。

「うー……でもなぁ……」

あれからずっと気が咎《とが》めている。VTuber活動のこと。ファンのこと。

業は、ベササノの魔の手から海那を救い出してくれた。けれど、あの炎上はそれだけのことじゃない。ファンの期待を裏切った海那にもお灸《きゅう》を据える形となった。

そんな自分がまた安易にVTuberをはじめていいものだろうか？

無意識のうち、ブラウザから業のブログ【燃えよ、ぶい！】にアクセスしていた。戒めとして、ここのところ毎日、海那はその記事を閲覧している。

——最新記事【現代に甦《よみがえ》るユリウス・カエサル！　色欲まみれの有名絵師べササノ、某ワールド級イベントで賽《さい》は投げられた】

ユリウス・カエサル……。古代ローマ皇帝の一人だ。界隈《かいわい》から見たべササノのカリスマ性と女好きという類似点をタイトルにかけたのだろう。その記事では、べササノのいまいましいメッセージの数々が読者の憎悪《ぞうお》感情をあおり立てるように晒《さら》し上げられていた。

ブログを読み返し、海那は感心の溜《た》め息をついた。およそ、彼の乃亜推しカルゴとしての経験は、荒羅斗カザンとしても悪い意味で活《い》かされている。しかしながら、海那はこの義賊《ピカロ》の誕生に一縷《いちる》の望みを感じていた。

VTuberの引退は、すべてが明るい理由によるものとは言いがたい。

リスナーには見えない運営の暗部。ペルソナを被《かぶ》ることで現《あら》われる魂の本性。愉快犯による炎上工作。嫌がらせや粘着、ネットストーカー等々。

現実社会ではとうてい信じられないような闇であふれかえっていた。

本人には鼻で笑われたが、業が求めなくてもVTuber界が彼を求めている。ネットで少し探れば、ほら、またそこに――。

「あ……」海那は声をあげた。

いかにもVTuberっぽい名前がTwitterでトレンド入りしていた。

その名は彩小路ねいこ。有名なVTuberだろうか。朗報や企業案件でトレンド入りすることも増えたVTuberだが、海那はなぜか、その字面《じづら》に不吉さを覚えていた。

「どこかで見たことあるような～……」

彩小路ねいこ。確かに初めて見る名前のはず。海那はチャンネルにアクセスした。

3

～～♪　着信音が突然ヘッドホンで鳴り響く。

見るに、『海』からDiscordの着信。業は思う。――またか。

「はい？」

『――ルゴさん大変大変！　大変なんですっ』

通話に出るやいなや、海那の声が途中から耳に届く。

「あんたは……」業はうんざりしたように言い直す。「ミーナは大変なときにしか話すことがないのか？」

『え……？』

「もっと普通の用件はないのか」

『わたしと普通のおしゃべりがしたいんですか？』海那は恥ずかしげに言う。

「そういう意味じゃない」

『ほかにどういう意味が？』

業は答えられない。

『そういうことなら、次はなんでもないときに通話をかけますね』

「いったい何の話をするんだ」

『そうですね～……。学校であった面白いこととか、美味《おい》しかったご飯のこととか、ドラマとか漫画とかニュースのことでもいいですよ。そういえば、カルゴさんって学校にはもう行かないんですか？』

「考えてない」

『それならどこかお出かけしたときの話でも。あ、もしよかったら、今度お休みのとき、家に来ますか？　お礼もまだ――』

「なにか大変じゃなかったのか？」

『……』海那は口をつぐむ。話題が逸《そ》れていることは業も気づいていた。

「その様子じゃ大したことなさそうだ」

『大変です！　大変大変大変なんですよっ！』

業はうんざりして言う。「わかったから……。何があったんだ」

傾向として、VTuberはリスナーから全肯定される風潮があった。

歌を披露すれば拍手喝采が飛び交い、トークを展開すれば「草」が生い茂る。

否定的なことを言う人間が一人でもいれば、その人物は爪弾《つまはじ》きにされ、その雰囲気に閉塞感を覚えた者から離脱する。本人も気づかぬうち、コアなファンで構成された閉じコンが完成するというわけだ。

それゆえ、ファンの甘やかしが推しの失態を招く。――失言。慢心。誇張。

業はその惨状を眺めながら言う。

「この女のことなら知ってる」

『やっぱり知ってましたか……』

「彩小路《あやのこうじ》ねいこ。バーチャル大臣を名乗り、猫省庁からリスナーの生活を楽しく彩《いろど》ることを目標にしているVTuber。登録者も七万人を突破。今後は十万人も視野だったんだろうが……」一業は言葉を切る。「こうなればもう、どうしようもない」

今回の火元は明白だった。

ねいこは猫大臣だ。キャラ設定からして政治に片足を突っ込んだ体である。

そのねいこが、Twitterで現実の政治を揶揄《やゆ》する発言をしてしまった。その発言をきっかけに政界で起きている炎上の延焼をくらい、彼女自身も炎上するに至った形だ。

というのも現在、国が急務で進める改正法案に対して、Twitterではハッシュタグを駆使して「〜に抗議します」というキーワードがトレンド上位を占めていた。

その話題性にかこつけ、彩小路ねいこはわざわざハッシュタグ付きで「猫省庁からも猫缶に焼肉味がないことを抗議しますにゃ！」と、政治と関係ない、ふざけた抗議声明を出してしまったのである。

本人も話題性に乗り、新規のリスナーを呼び込みたかったのだろう。

配信においてブラックジョークを日常的に繰り返す彼女だが、その雰囲気をより大衆の目に触れやすいSNSに持ち込んだことが過《あやま》ちだった。

トレンドから彩小路ねいこの発言に気づいた一般層が、彼女を目の敵にしはじめた。

ツイートは五・五万件もリツイートされ、罵詈雑言《ばりぞうごん》も山のようにぶら下がっていた。

一気に増えたアンチは過去のねいこの動画や配信を確かめ、失言を拾い上げては裏で晒し上げている。それにつけ、リアルタイムで行われる彩小路ねいこの配信にも倍々ゲームのように視聴者が集まるという構図だ。

――なんと彼女、炎上中でも堂々と雑談配信をしているのである。

『おぉおぉおぉおぉおぉお!? 同接やばぁぁい！ まだまだ伸びんじゃん！』

画面の先にいるVTuber、彩小路ねいこが嬉々《きき》とした悲鳴をあげる。その声色が元来のねいこのものなのか、その奥にいる魂の、素の声が出てしまっているのかはわからない。

○同接七千は草

○あっ……

○これはw

○触れたらあかん

普段からコメントを欠かさないリスナーも、この注目にはおずおずといった様子だ。

彩小路ねいこの配信における同時接続者数は日頃、八百にも満たない。業も事前の調査でそれは把握していた。今日はその九倍。大手VTuberと肩を並べるレベルだ。

『やばいやばい。なに話す？ なに話そ？ ああああああ、ヒヨんなあたしぃいいい』

○落ち着けw
○普段通りにしろ
○いまこそ焼肉愛を語るんだ

大注目のわりにチャット欄の流れは普段の速さと変わらない。

それほどROM専――チャットに参加せず、視聴するだけのもぐりが大多数を占めているということである。一気に注目を浴びた際にはよく起こる現象だった。

『焼肉愛ねっ！　あ、そうそうそう。動画見てくれた？　ついに誠意を見せるときが来たってわけか。――こほん』咳払《せきばら》いのあと、ねいこが渋い声に変わる。『あたしとしては、やはり焼肉味の猫缶の製造は国の急務であると考えておりますにゃ。それがあのツイートです。猫が焼肉を食べて何がいけないのでしょうね。もともとネコ科は肉食。サバンナでは日常的に肉を食べています。生の肉をにゃ。我々がイエネコの座に甘んじていたとはいえ、同じネコ科の仲間として肉が恋しくなって当然でしょう。いつもお魚くわえて追いかけられたいわけではないのですにゃ。まぁ結局のところ、焼肉は七輪で焼いて食べますがね。やはり王道はカルビ。まぁハラミも好きかにゃ。つまり、あたしが言いたいのはサバンナでも同じこと言えんのってことですにゃ。そんなとき、缶詰があれば、となるでしょう。そう、缶詰です。思い浮かべてみてください。猫缶を開け、ふわっと漂う焼肉の匂い

──これがまた乙だと思うのです。国民のみなさんもどうですにゃ？　下校中、どっかの排気口から漂うカレー、ラーメン、焼肉。それらの匂いを感じたとき、なんとも言えない郷愁に駆られるでしょうにゃ？　実を言うと、あのときにはもう猫缶には焼肉味が存在していたんですよ。あたしの心の中ではね。要するにそういうことなんですにゃ』

ねいこはこんな調子でたっぷり五分ほど、意味のわからない主張を続けていた。

○抗議内容が主観で草
○普通に焼肉食うんかい
○お魚くわえてんのはドラ猫でFA
○ちょっとなに言ってんのかわかんないですね
○キモスパ超える構文が誕生したわ

「……」

業《ごう》はその配信を眉一つ動かさず、じっと観察していた。

炎上中のライブ配信は圧倒的に配信者が不利になる。些細《ささい》な発言も恣意的に取り上げられ、アンチはそれを好き放題に調理しては、裏でSNSに垂れ流す。

配信者は仕組まれた誘導尋問に、その意図を考える前に返答してしまうのだ。

常に後出しじゃんけんの先手を強いられるようなもの。彩小路ねいこはそれに気づいているのかいないのか、あるいは、気づいた上で炎上商法に興じているのか、その様子からは判然としない。だが、炎上中にしては度胸にあふれていた。

○謝罪会見と聞いて

○この子ほんとに動画の子？

○初見。血税肯定ネキの配信はここですか？

『初見さんんんん！　チャンネル登録高評価 Twitter インスタフォローよろしくお願いしますにゃ！』

はじめて彩小路ねいこを知ったというリスナーもちらほらと現われている。

「――こいつのどこが大変なんだ？」

業は Discord のほうに問いかける。配信は海那《みな》と通話しながら視聴していた。

『いえ、その……すごい炎上してますよ？』

「ねいこ本人はまったく気にしてない」

『でも、この調子だともっと燃え広がるかもしれません』

「だろうな。政治がらみは闇が深い。VTuber 界隈《かいわい》だけじゃなくて別界隈の連中も首を突っ込んできてる。それでいて本人に反省の色なしとなると……」

おそらく強力な粘着アンチが張りつくことだろう。

炎上商法は諸刃《もろは》の剣。野次馬リスナーは一時的に増えるものの、それらがファンになるかというと難しい。ほとぼりが冷めれば、晴れてオワコンだ。

「なんでミーナはこのVTuberにそこまで肩入れするんだ。あんたもファンの一人か」

——あんたも？　海那は戸惑いながら答える。

『実はこの子、わたしのリア友で……』

業は大して驚きはしなかった。つい先日、わたしを燃やしてくれと言うVTuberが部屋に押しかけてきたのだ。

「本人から相談されたのか？」

『いえ、今日気づいたんですよ』

「どうしてまた」

『……謝罪動画、見ました？』

どう転ぶかもわからない冷ややかな配信から脱出し、業は件《くだん》の謝罪動画を閲覧した。

二時間前に投稿されたばかりの、その日に余る動画を。

『今回の騒動につきまして、あたしの軽率な発言でたくさんの方にご迷惑をおかけしまして……』と神妙な雰囲気で動画が始まる。

しかし動画が始まって三十秒も経《た》たず、ねいこはとんでもないことをした。

動画の中で、かつて不祥事が発覚した企業経営者による謝罪会見の物真似《ものまね》を披露し始めたのだ。そんな度の過ぎた悪ふざけが視聴者の心象に悪い方向で突き刺さり、再生数はたったの二時間で三万再生を突破。一日も経てば数十万再生は行くかもしれない。

ねいこは最後『新衣装発表！　謝罪会見 Ver. 爆誕！』とテロップを出して、笑顔で動画を締めくくった。

『これ、リア友の声真似とそっくりなんです。鉄板ネタですね』

「面《つら》の皮の厚い友達だな」業は呆《あき》れた。

これほど神経の図太い VTuber がいたことが驚きだ。荒羅斗《あらと》カザンが【燃えよ、ぶい！】で記事にしなければ、不自然なレベルである。仕事を増やしてくれたものだ。

「本人には確認したのか？」

『配信中で見てないのか、返事がないんですよ……』

「それもそうか」

彩小路ねいこはきっと、この炎上を再生数稼ぎのネタにしか考えていない。

バズるチャンスを逃すまいと謝罪動画とライブ配信で燃料を投下したのだ。

彼女は個人勢 VTuber。幸いにも素顔も声も特定されていない。過激な行動に突っ走ってもリアルに影響が及ばないと踏んだのだろう。やりたい放題である。

「こんな調子じゃ、ファンが可哀想《かわいそう》だな」

炎上商法へのシフトは従来のファンに対する裏切りだ。

確かに訴訟へ発展するようなことまではしていない。失言と謝罪動画で炎上しているのみで、迷惑行為として批難されるものではなかった。

だが、彩小路ねいこにはそもそもファンへの誠意がない。

そこが業は気に食わなかった。

『カルゴさんって、よくリスナーさんのことを気にしますよね』

海那は鏡モアのことを振り返り、とたんにばつが悪くなる。それでも、乃亜《のあ》推しカルゴの頃から変わらない、業の姿勢には愛おしさすら覚えた。

「別に」すっかりぶっきらぼうになった業は言う。「ちょうどここのリスナーがおれにコンタクトを取ってきたんでね」

『それって……？』

「荒羅斗カザンへのタレコミだ」

海那は、あぁ……と嘆息する。

Twitterでトレンド入りするほどの炎上だ。当然、暴露系ブロガーにそのネタを持ち込む者もいるだろう。――しかし、わざわざリスナーが？　反転アンチ？

『やっぱり猫公務員の方々も荒れてますか？』

海那はおそるおそる尋《たず》ねた。その顛末《てんまつ》を、業がノア友と重ねないことを祈って。

「どうだろう。おれに連絡してきた人はずいぶんと落ち着いた様子だが」

『いったいどんな連絡ですか？』

「ねいこを助けてやってほしい、だとさ」

海那は前のめりになる。何かがごつんとマイクにぶつかる音。

『助けたいって言ってる人がいるんですか⁉』

「ミーナも知ってる人だ」

『え？』

予想だにしない言葉に、海那は間の抜けた声を上げた。

「キャップンさん」

海那は記憶を巡らせ、乃亜のファーストソロライブで出会った野球帽の男を思い出す。

仮想世界は広がりを見せているようで、その実、狭い。

『どうしてキャップンさんが荒羅斗カザンのアカウントに？』

「さぁな。袖振り合うも多生の縁ってやつか……。あんたといい、この人といい、なんなんだ？　荒羅斗カザンは炎上屋だ。火消し役じゃない」

『でも、カルゴさんは助けてくれるんですよね？』海那は期待を込めて問う。

業は即答しなかった。

またライブ配信に戻り、そこに漂う懐《なつ》かしい雰囲気を感じ、昔のことを振り返る。

「ミーナは友達に勧められてVTuberを見始めたんだったな」

『はいっ』海那はその質問の意図を汲《く》む。『あっ、この子――彩音《あやね》がその友達ですよ』

「そいつも星ヶ丘ハイスクールのファンだったのか？」

『もちろん。彩音の最推しは、玲《れい》ちゃんでしたけど』

「そうか」業は言葉を切る。「これも多生の縁、か」

『ってことは……助けてくれるんですねっ！』海那の声が明るくなる。

「助ける、というか……」

業はいま一度、阿鼻叫喚《あびきょうかん》なチャット欄とねいこの様子を見比べた。

『アイアイアイ！　ヘイヘイヘイ！　ナナナナァアアア！』大してうまくもない歌を披露している。『どう、あたしの絶唱!?　最強っしょ！』

この女は助ける必要があるのだろうか。

4

彩音が通う高校に着くまで、業はどんな顔して会うべきか迷っていた。

海那のケースはともかく、VTuberの中の人に会うというのは抵抗がある。——否、本来抵抗すべきはVTuberのほうだ。

業はこの一年、【燃えよ、ぶい！】をこつこつと更新してVTuberの愚かしい中身を晒《さら》し上げてきた。それはそれとして、一般人はVTuberの中の人と繋《つな》がるべきではないという考えは持っていた。相手が同じ高校生でも、だ。

ねいこの魂である霧谷《きりたに》彩音はそうも思っていないようで、乃亜推しカルゴと会えると聞いて、秒で飛びついた。まるで都市伝説かUMAに遭えるとばかりの喜びようだそうだ。

炎上中のVの中身にしては脇が甘い……。

校門に着くも、生徒の下校はこれからのようで歩く生徒の数はまばらだった。

業は不審者として通報されぬよう、門の隣の木陰に隠れて二人を待つ。

どうやら良いところの私立高校のようだ。制服も小綺麗《こぎれい》。生徒たちも男女問わず嫋《たお》やかな印象を受ける。業《ごう》は彼らを見て、なんとも言えない気分になる。

「こんにちはっ」海那が業を見つけ、駆け寄ってきた。制服姿は初めて見た。

「ああ」

「よかった。ひょっとしたらカルゴさん、来てくれないんじゃないかって心配でした」

「そういうことはしない」

「だって乗り気じゃなかったですし」

「いまもそうだ」業は上の空に言う。

「でも、来てくれたんですね？」

「思うところがあってな」

業の返答は淡々としている。

海那は実を言うと、業のことがよくわからなかった。その印象を四字熟語に当てはめるなら『初志貫徹』――。でも、『泡沫夢幻《ほうまつむげん》』といった雰囲気もある。

意志の強さはあるのに、ふらふらとさまよう屍《しかばね》のようなのだ。

「ねいこの魂はどこにいるんだ？」

「……おかしいな。いつもわたしより帰り支度が早いんですけど」

海那はきょろきょろと辺りを見渡した。派手な髪色で、小憎らしい小物をじゃらじゃらと鞄《かばん》に下げている彩音のことだ。遠目にもすぐわかる。

「ここだよ～ん。やっはろー」

軽妙な挨拶とともに、彩音が樹木の裏から現《あら》われた。

彩音は銀光りするグレーの髪を青のバレッタで留め、紫の付け毛を巻きつけた鮮やかな髪をしていた。アイラインもしっかり引かれ、オタク受けの良さそうな海那《みな》とは対照的だ。VTuberとしてのぴしっとしたパンツスーツ姿とは正反対に、よれた短めのスカート、そこから伸びる大胆な太ももなど、そのギャップには驚かされる。

その堂々とした態度は、すっかり人気者の風格だった。

「いつからそこにいたの？」と海那。

「ん～。ずっとかな」

「ずっと？」

「そこの白髪クンが校門に現われる前から」

「すぐ声をかけてくれればいいのにっ」

「いやぁ」彩音は後ろ髪を巻き上げるように掻《か》く。「あの乃亜推しカルゴって聞いて、しばらく観察したくてさ～」

「観察……」業の目が白んだ。

「んで、やっぱりこの白髪クンがカルゴね？」

彩音がにぱっと笑い、業に好奇の目を向ける。

例えるなら、動物園という檻《おり》で珍獣を見つけた肉食獣の目だ。

校門を通過する生徒もそんな異様な三人にちらちらと奇異の目を向ける。珍獣と猛獣と子鹿が揃《そろ》ったこの校門は、もう立派な動物園だ。

業も接点のない人種に直視されて困り、海那に目配せして助けを求める。

海那が眉根を寄せて言う。

「彩音……カルゴさんは珍獣じゃないよ」

「いいじゃん珍獣」彩音は興奮しながら業を値踏みする。「ふふふ、乃亜推しカルゴの正体見たり。こんな純朴で影の薄い少年だったとは～。かわいいねぇカルゴ」

彩音は首を伸ばしたり引っ込めたりしながら業の髪を観察し、「それどこのカラー？」と髪の色を追及し始めた。

耐えかねた海那が止めに入る。

「カルゴさんが困ってるよ！　そんなじろじろ見ちゃだめ」

「なに、もしかしてミーナ、妬《や》いてんの？」

「え……っ」海那はあからさまに顔を赤らめる。「そういうんじゃないじゃん！　ひ、ひとにジロジロ見られるの、すごく嫌なんだから。わたしだったら嫌だし！」

「ふ～ん」

彩音は小悪魔めいた笑みを浮かべる。

「おれは気にしない。好きに見るといい」

「ほら。な？」彩音はニヒヒと屈託ない笑みを向けた。

「むう……」

一番おもしろくないのは海那だった。いままで独占していたカルゴが自分から離れていくような感覚に見舞われた。この場を設けたのはほかの誰でもない、海那なのだが。

「彩小路ねいこ、さっそく本題だ」

「彩音でいいよ。それとも、ねいこのが好きかにゃ？」彩音がちろりと舌を出す。

「ほう……」業は目を細めた。「その様子じゃ、彩小路《あやのこうじ》ねいことしてこれからも活動していく気があるんだな？」

いま、ただでさえ炎上している。

それに臆するどころか、謝罪動画や雑談配信でのあの態度は、まるで火に油を注ぐような振る舞いだ。開き直って炎上路線に切り替えたとも取れる行動である。

従来ファンを置き去りにする態度だが、果たして――。

「そりゃあ続けられるかぎりね～」

彩音は気の抜けた返事をした。

「どっちだ？　やる気があるのか、ないのか」

「やる気？　んー微妙。目標があって始めたわけじゃないし」

彩音はくるくると指に髪を巻きつけ、解《ほど》く動作を繰り返した。

その気怠《けだる》げな態度から察するに、はじめから具体的な方針がないのだ。たまたまガワのデザインと魂の破天荒さでバズり、配信スタイルがリスナーの心を摑《つか》み続けた。

「おれが彩音と接触したのは、とある猫公務員から相談を受けたからだ」

「お、下の名前で呼ぶことにしたのにゃ?」

彩音はからかうように微笑《ほほえ》む。海那は相変わらず、おもしろくなさそうだ。

業は気にせず話を続けた。

「相談してきたのは熱心なファンだ。いまのねいこを心配して、わざわざおれみたいな炎上系ブロガーにまで連絡を取ってきた」

「炎上系? カルゴってVTuber好きなんじゃないの?」

意表を突かれた彩音が口をぽかんと開ける。

「ほら、去年いろいろあったから……」海那が彩音にそう耳打ちする。

「あぁあ～。なるほどねぇ」彩音は察した。「つーことは、これって取材?」

「いや」業はぴしゃりと言う。

「はにゃ? あたしのこと宣伝してくれないの?」

業は煙たそうに目を細めた。その強張《こわば》った表情のまま言う。

「――彩小路ねいこは愛されているんだ」

「ええ？」

突然の歯に衣着せぬ台詞《せりふ》に、彩音はおどけたように目を見開いた。

「おたくの活動を気に入って、応援してるファンがいるってことだ。どうだ？」

「どうだ、って……。そりゃ嬉《うれ》しいけど、なにが言いたいのよ？」

「そのファンの気持ちに寄り添う気はないか？」業が淡々と尋ねた。

有無を言わさぬ業の雰囲気に、彩音はいよいよその異常性に気づいたのか、朗らかな表情が徐々に強張っていく。

「ミーナ……。この子、なんかヘンじゃない……？」

「カルゴさんはこういう人だから」苦笑いを浮かべる海那。

「雰囲気がガチじゃん。悪いことした気になってくるわ……」

彩音は戸惑いながら海那に目配せする。

「えーっと、つまりね」海那は友人として諭すように言う。「彩音《あやね》にファンの気持ちを気づいてほしいんだよ。カルゴさんに相談した人は、彩音の炎上を本気で心配してる様子だし。彩音だって玲《れい》ちゃんが炎上したときは心配だったでしょう？」

星ヶ丘ハイスクールの報光寺《ほうこうじ》玲――。

星ヶ丘の青担当だった彼女だが、その性格は高慢。星ヶ丘アンチの煽《あお》りを無視できず、Twitterのレスバ、勝利宣言、ツイート即削除の悪手をつらぬいた。結局、収拾がつかずバーチャル界を去っていったのだ。

推しが炎上した経験のある彩音ならファンの心情も幾ばくか理解できるだろう。

そういえば、報光寺玲と彩小路ねいこ。漢字は違えど、響きは似ている。きっとかつての推しに心残りがあるはずだ。

「いいや、わかんないね」彩音はすっぱり否定した。「玲ちゃんの引退は寂しかったけどまぁ仕方ないなって割り切れたし。YouTubeなんてそんなもんでしょ」

業はいらいらしていた。唇を噛《か》んで彩音を見ている。

「それなら、今後はどうするつもりだ？」

「今後って？」

「政治絡《がら》みの炎上は洒落《しゃれ》にならない。粘着するアンチも多いし、彩音はさらに謝罪動画で火に油を注いだ。広範囲に喧嘩《けんか》を売った形だが、当面の間は嫌がらせを受けながら活動しないといけない状況だ」

「そりゃ、無理ってなったらやめるよ。でも再生数さえ稼げれば、お金になるし」

業が〝お金〟に反応して言葉に詰まる。

「炎上のこと心配してくれんのは嬉しいけどね、カルゴ」彩音は畳みかけた。「あたしは縛られるのが嫌い。好きにやって自分が楽しいって思える居場所をつくるんだ。目立てるだけ目立って猫大臣の大往生！　――って締めくくれれば、VTuber界の伝説になれるじゃん。そのほうがずっと楽しいよ」

彩音の性根がはっきりした。

業は顔をしかめ、掠《かす》れた声で言う。

「そうか」

海那はなにかを察して訊《き》く。「大丈夫？　カルゴさん」

「別に」業は踵《きびす》を返した。「それならもう、なにも言うことはない」

業はそう言い放ち、無愛想な顔で帰っていった。

海那と彩音は唖然《あぜん》として取り残される。暮れなずむ放課後には運動部のかけ声、体育館のニスの摩擦、吹奏楽部の練習、あらゆる音が外の静寂に流れていく。

「ミーナ～。なんなんだよ、あいつ～」

「……うん」

業《ごう》は〝お金〟と聞いて、あからさまに態度を急変させた。

彼は多額の金を、推し活という名のもとに夢叶乃亜《むかなえのあ》に捧《ささ》げた。その金の切れ目が縁の切れ目とばかりに、もう稼げないと判断した運営は、むざむざ乃亜を殺した。

そんな手前勝手な商売根性にトラウマがあるのだ。

「こちとら遊び半分でやってるってのにマジになっちゃってさぁ」

彩音は両腕を空へ向け、伸びをする。

「ミーナはまぁ、もうちょっと付き合う男選んだほうがいいわ」

「付き合っ……」海那の頬が夕日に染まる。

「ま、見た目は悪くないけどねぇ。性格がきっつい。考えてみりゃ、乃亜推しカルゴってずいぶん極端なことしてたらしいし、なんか納得ぅ」

海那は業が消えた道の先をずっと眺めていた。

結局、彼は彩音の力になってくれるのだろうか。それとも――。

海那がその真意を知るのは、もう少し後のことだった。

5

ねいこの配信は荒らされ放題になっていた。

彩音自身、荒らしコメントも拾い上げて捌《さば》く覚悟でやっている様子だったが、アンチの狙いはチャット欄を機能不全にすることだ。

配信者に余裕がなくなるにつれ、嘲笑のチャットは加速度的に増える。

もはや配信中の八割はアンチコメント。リアル年齢の言及、売名批判、セクハラコメント等々。その主張は多岐に亘り、雑談ネタに統一感がなくなっている。

結果、まともなリスナーの発言も埋もれてしまう状況だった。

ねいこもついに限界を迎え、連日の挑戦的な配信は五日目にして終わりを迎えた。

彩音は観念したように、炎上元のＳＮＳの発言や謝罪動画を削除した。——だが、その対応は愚策だった。

勝利を確信したアンチは、待ってましたとばかりの勢いで録画済みの謝罪動画を切り抜き、あることないこと情報を付け加えると、あらゆる動画配信サイトに拡散した。

れっきとしたインターネットいじめの状態に発展していた——。

業がカチャカチャとキーボードを叩《たた》いて作業をしていると、部屋のチャイムが二回と扉を叩く音が四回ほど、立て続けに聞こえてきた。

「……合鍵使えよ」

業は扉の向こうに誰がいるのか察していた。

緩慢な足取りで玄関に向かい扉を開けると、案の定、海那《みな》が顔面蒼白《そうはく》で立っていた。

「カルゴさん……！　大変です」

「そりゃすごい」業は大仰に肩をすくめる。「あんたの大変もこれで皆勤賞だな」

「今回はさらに！　もっともっと大変なんです」海那が息を切らして言う。

「合鍵は？」

「ありますよ」

「だったら勝手に入れ」

「まだ使う気になれなくて」海那は今回こそ順番を間違えるものかと首を振る。「それより、彩音がとうとう学校に来なくなっちゃいました……」

業はふとカレンダーを見た。水曜日。ねいこが炎上してもう五日が経《た》っていた。意気揚々と毎日配信していた彩音だ。回数でいえば、およそ五回はアンチと配信でバチボコに戦っていたことになる。善戦したほうだ。

「LINEも未読スルーです……。彩音が病んで……もしものことがあったら……」

海那は最悪を予想して身震いした。

「本当にお人好《ひとよ》しだな。放《ほ》っとけばいい」

「どうしてそんな酷《ひど》いことが言えるんですかっ」

「本人が金を稼げるからいいと言っていた。その結果がこれだ」

にべもない業の返答に海那は目を丸くする。

「彩音だってここまで酷くなるって予想してなかったんですよ、きっと！」

「それなら良い勉強になったな」

「そんな……。カルゴさん、そんな無慈悲な人だったなんて」

「思ってなかったのか？」

「………思ってました。……ええ。それはもう」

海那はあのベササノにとどめを刺した通話の様子から、業のあっさりとした態度に空恐ろしい何かを感じていた。

この男は、平気な顔で他人を社会的に抹殺する。しかし――。

ベササノは人間のクズだった。あの仕打ちは当然の報いだと海那は思う。

けど、彩音は？　少し図に乗っただけのお調子者の女子高生だ。悪気はない。それをベササノと同じように火の海に放り込んだままにするのはおかしい。

「カルゴさんなら、どうにかできるんじゃないんですか」

「どうにか？」

「わたしのときは助けてくれたじゃないですか。【燃えぶい】更新したり、動画や音声をつくったり、中国のお友達の伝手《つて》を頼って――」

「勘違いするな」業はデスクに戻りながら言う。「おれはVTuberというコンテンツを利用した悪い狼《おおかみ》を晒《さら》し上げただけ。おれにできることはブログを書く程度だ。なんだ【燃えぶい】って。かわいい風に略すな」

ぶっきらぼうな態度で業はまた作業に戻る。

どうやら、なにかを書き綴《つづ》っているようだ。海那はベサノの一件以来、【燃えよ、ぶい！】が更新されていないことを知っている。今回の記事はまさか——。

「カルゴさん、それっ！」

海那が部屋に入り、PC画面を覗《のぞ》き込む。

そこには彩小路《あやのこうじ》ねいこの名前が入った見出し、動画のリンク、ツイートの切り抜きを貼りつけたブログの編集画面があった。海那は思わず目を剝《む》いた。

「よくそんなことができますね！」

「読者が待ってるんでね」

業はしれっとした態度でカチャカチャとキーボードを叩いている。

「あんまりです！　いじめに加担するんですか⁉　そんなに酷い人だったんですかっ」

「加担はしていない」

「してるじゃないですか。もういいです。カルゴさんがそんな風なら、わたし一人で彩音を助けますっ」

海那は絹糸の髪を振り乱し、玄関でたたらを踏むように急いでローファーを履く。

靴を履き終えると、業を睨《ね》めつけるように見て海那は言う。

「乃亜ちゃんがいまのカルゴさんを見たら、どう思うでしょうね」

吐き捨てると、海那は勢いよく扉を閉めて出て行った。

海那が怒るのも無理はない。相手はVTuberだが、その魂はクラスの友達。業はぴしゃりと閉ざされた玄関に向かって独り言ちた。

「見てくれたら、どんなによかったか……」

ちょうどそのとき、Discordにダイレクトメッセージが届いた。

6

多摩川を横断する丸子橋の河川敷《かせんじき》は、その橋を挟むようにJR横須賀《よこすか》線と東急東横線の二路線が急接近する。それゆえ、日頃から電車や自動車の往来が多い。典型的な郊外の架橋として、映画やドラマの撮影によく使われる場所だ。

昼間は散歩やジョギングに励む住民も多いが、夜になると運送業者のトラックの往来が激しさを増し、排煙に追い払われたかのように歩行者の影もその数を減らす。

業は多摩川駅で電車を降り、丸子橋の高架下に向かった。

初夏の夜。星は見えず、じめっとした湿気と排煙が肌にまとわりつく。

川辺の虫たちも頭上の目まぐるしい文明の発展と張り合うように飛び交っていた。虫除《むしよ》けスプレーでもかけてくればよかったと業は後悔した。

河川敷には待ち合わせていた通り、野球帽を被《かぶ》った中年の男がいた。

「あぁ……」キャップン——米子《よなご》一臣《かずおみ》は変わり果てた業を見つけて言う。「来てくれたんですね、カルゴさん」

灰燼《かいじん》を頭から被ったような髪色——。

それを見た米子は物憂《ものう》げな表情を浮かべた。推しの末路を彷彿《ほうふつ》とさせる。

「東京にもこんな都合のいい場所があるんですね」業が開口一番にそう言った。

「自分はタクシードライバーをしてましてね。よくお客さんに訊かれるんですよ。ドラマに出てきた橋に連れていってくれとか。怪獣映画で破壊された橋に行きたいとか」

「へぇ～……。なるほど」

業は橋を見上げて呟《つぶや》いた。

見覚えのある橋梁《きょうりょう》だった。聖地巡礼はアニメファンの間で一時期ブームだったが、映画やドラマでも同じことが起きている。

「それはそうと、よくおれだとわかりましたね、キャップンさん」

「チャットの雰囲気が……なんとなく」

連絡があったとき、米子のほうから荒羅斗《あらと》カザンに『もしかして、カルゴさんじゃないですか』と訊《たず》ねてきた。それ自体に驚きもしなかった業だが、わざわざ過去の名義について触れてきたことには困惑した。

ねいこを救いたい彼が、過去の話を持ち出すのは粗漏だろう。推しを守ろうと尽力した乃亜推しカルゴを最初に裏切ったのはノア友のほうだ。米子もその一人である。

「雰囲気……。業務的に話してるつもりだったんですけどね」

「そこはそれ、年長者の勘みたいなもんです」

米子は声をくぐもらせて言った。その双眸《そうぼう》は帽子のつばに隠れ、暗闇の中ではまるで見えない。告解室に入って懺悔《ざんげ》するような仕草だ。

「まぁおれは素性を隠してないんでいいですが。で、今日はどんなご用件で？」

彩小路ねいこのことだろうとは業《ごう》も理解している。

だが、いまは乃亜《のあ》推しカルゴとして呼び出された。米子もそのつもりで呼んだはずだ。

まさか、いまさら、海那と同じように泣きつくつもりだろうか。乃亜のときは沈黙を貫いていたくせに、いまさら――。

「教えてほしいんです」

米子は意を決したように口を開いた。

「もしカルゴさんが乃亜ちゃんの卒業を事前に知ることができたら、最後にどんなことをしてあげていたか」

推しの死を予期していたら――。

あの夜以来、何度も乃亜の炎上を悪夢に見てきた業だ。もちろん、そういうタラレバは妄想していて然《しか》るべきだったが、存外、業は微塵《みじん》も考えたことがなかった。

乃亜の方舟《はこぶね》は、いまなお燃えている。業の胸の中で。

「最後に……どんなことを？」業は言葉を反芻《はんすう》した。

「推しは推せるときに推せ。VTuber界隈《かいわい》ではよく言われる言葉ですよね？　乃亜ちゃんは残念ながら、ちゃんとした形でお別れできずに引退してしまいました。自分はもう、あんな悲しいお別れは懲り懲りです」

米子は落ち着いた口調で当時の心境を振り返った。故人を偲《しの》ぶ気持ちはもう清算したと言わんばかりだ。大人だ。子どものように、なにかに固執して駄々をこねることはない。

起きてしまったことを受け入れ、前に進もうとしている。

業は自らを振り返る。

ノア友も、本当はキャップンのような従容《しょうよう》なファンばかりならよかったのだ。

彼女の炎上後、悪あがきにも似たカルゴの暴走は乃亜の魂を余計に追い詰めていたかもしれない。そんな不安に駆られ、業は毎晩、方舟の悪夢にうなされる。

——本当に乃亜ちゃんを推していたんですか……？

脳裏には、海那に突きつけられた言葉が反響していた。

ジメジメとした梅雨の季節の中でも、その残響には寒気を覚える。

推していたのか？　カルゴがいて乃亜はよかったのか？　喜んでいたのか？

「ねいこちゃんが引退するのは、もう時間の問題です」

米子は苦い表情を浮かべて続けた。

「自分は最後に、彼女になにかしてあげたい。どんな形でもいいから。いままで楽しませてくれたことへの感謝の気持ちとして。——カルゴさんだったらどうしますか？」

「……」

答えが出てこない。なにか言えば、すべてが嘘《うそ》になる気がした。

業は目を瞑《つぶ》り、心の油塊に浸《つ》かる乃亜の幻影に問いかけた。

——もしこの巡礼に終わりがあるとして、最後にあなたは何を望む？

米子の問いに答えるためではない。海那《みな》に問いかけられたときから心に巣食う疑念に、答えを見出《みいだ》すためだった。

――金儲《かねもう》けですか？　次に繋《つな》げる利益ですか？

女神は答えない。もう一度乃亜に会うことができたら答えが聞けるのに。けれど、その願いは二度と叶《かな》うことはない。たまに業は、キャップンのような男が羨ましくなる。

「夢叶《むかなえ》乃亜は、彩小路ねいことは違う人間です」

「でも雰囲気というか、活動スタイルが似ていて……それで自分もねいこちゃんを……」

業もその類似性は認めている。配信画面の背景や表示時計、チャットの配置もそっくりだ。それもそのはず、彩音《あやね》は星ヶ丘ハイスクールのファンだった。

そのスタイルを受け継いでも不思議ではない。

米子も感覚的にそう認識し、カルゴを思い出したのだろう。

「おれも、キャップンさんから相談を受けてからというもの、彩小路ねいことというVTuberをずっと追ってました。だから違うとはっきり言えます」

運営体制も違えば、活動方針も違う。ファンとの向き合い方も違った。

「彼女の活動理念はキャピタリズムとは程遠い」

「はい……？　キャピタリズム……？」

「謝罪動画のおふざけも再生数を稼ぐ狙いだったのでしょうが――」実際、本人からそう確認した。「それは建前です。彩小路ねいこはただ楽しい場所を求めて活動していた。その本心はファンであるキャップンさんと同じですよ」

彩小路ねいこから感じる〝星ヶ丘ハイスクール〟らしさとは、画面上の見てくれだけではない。それは活動理念——VTuberを楽しもうという空気そのものだ。

この界隈は傍目《はため》には楽しそうに見え、実のところ、楽しむことがなにより難しい。

VTuber本人も。そのリスナーも。

そんな殺伐とした世界に、ねいこは反骨心むき出しで乗り込んできた。

金が稼げるからと言いながら、VTuber界の伝説となって華々しく散ることを面白いとも評していた。魂は一貫してコメディアンに徹する心根だ。

「そういう人間は他人のまっすぐな想《おも》いに弱いです」

類は友を呼ぶ。彩音がいかにファンに不誠実な態度を取っていても、星ヶ丘ハイスクールという学校から巣立ったことは変わらない。業や海那、米子と同じだ。

「あの……自分はどうすれば……」米子が戸惑っている。

「その想いをぶつければいい。おれだったら、まぁ夢叶乃亜にそんなことはしませんが、もし彩小路《あやのこうじ》ねいこのファンなら感謝の気持ちをそのまま形にして伝えますね。伝える方法はなにも、チャットだけとは限らないんだ」

しれっとした顔で業は言う。

それが最適解。彩小路ねいこというVTuberの魂を、洗礼の炎で焼きつくす最後の柱だ。

「ふ……」米子がはにかんだように笑った。

「なにか？」

「やっぱりカルゴさんですね。あなたらしいです」

米子はスマホ画面を向けてきた。

画面には【燃えよ、ぶい！】のトップページが表示されている。業は、荒羅斗カザンというもう一人の自分から目を背けた。

「おれは、荒羅斗カザンです」

米子は晴れ晴れとした顔で野球帽のつばを掴《つか》み、続ける。

「そうと聞いて、もう一つ頼みたいことができたんですが……いいですか？」

「昔のよしみです」業は抵抗なく返事した。「代わりに、おれもまだ教えてほしいことがあります。いいですか？」

「え、ええ……。自分に答えられることなら」

米子は内心、恐々としていた。後ろめたさがないと言えば嘘になる。一年前、多感な年頃である業を支えてあげることができなかった。年長者として、彼が乃亜の炎上のことで自分を追い詰めずに済むよう、その気持ちに寄り添えたのではないだろうか。

「なんでしょう……？」米子が固唾を呑《の》んで尋ねる。

「もし彩小路ねいこの魂が別の器に転生したとしても、キャップンさんは変わらず応援を続けていきますか？」

業のまっすぐな瞳に射貫《いぬ》かれ、米子が息を呑む。

これは裏返しだ。彩小路ねいこのことではなく、乃亜推しカルゴにとって、夢叶乃亜のもしもの転生について尋ねている。

彼女が転生したとき、米子は前のように推すのかということを。

「見た目が完全に別物になったとして、ですよね？」

「そうです」

「自分がもし転生に気づいたら、絶対に応援します」米子は言ってのけた。「VTuberは器が変われば別人で、本人も過去を掘り返されたくないでしょう。でも、自分が応援しているのは器の先にある魂そのものです。推しが器を変え、魂だけでも戻ってきてくれたら、ファンとして願ってもないことです」

「……」

業は表情一つ変えず、その返答を聞き遂げた。徐《おもむろ》に目を閉じて噛《か》み締めるように黙然としたあと、業が再び目を開く。

「……わかりました」

業がそれだけ言い返す。川をなぞる夜風が冷気をまとい始めていた。

7

海那は彩音が心配になり、埼玉にあるマンションを訪れた。

季節の行事のたび、折に触れて小鴉《こがらす》家ではホームパーティーをやることが多く、もちろんそこに彩音の家族も招待したことがある。

それにつけ、海那自身も彩音の家によく遊びに行った仲だ。

彩音の両親はどちらも営業の仕事をしている。保険や製薬関係だっただろうか。夜遅くまで仕事に出ているせいか、彩音の部屋は、二人きりで内緒話をするには打ってつけの場所だった。

日がとっぷり暮れ、都会でも一等星がかろうじて見える時間帯になるも、マンションの外から見た彩音の部屋は真っ暗だ。

海那は一階エントランスのインターホンを押す。

反応がない。誰もいないのだろうか。

「どうして〜……」

手を額に当てて不安を吐露する海那。

あらためてiPhoneから彩音にLINE通話、Discord、携帯の電話、Twitterの鍵垢《あか》へのDMという順番でコンタクトを試みる。いずれも無反応。既読マークすら付かない。

「お願いお願いお願い……っ」

家を訪れても不在。通話も繋がらない。どうやっても彩音の居場所がわからない。

これほど他人とのコミュニケーションが厄介なSNSも、とたんに役に立たないガラクタにもなれるのだからふざけた時代だ。海那はiPhoneを投げつけたくなった。

「あら、海那ちゃん？」

エントランスを振り返ると、スーツを着た、買い物帰りの彩音の母親が立っていた。

唖然《あぜん》とした様子で海那を見ている。

「彩音のお母さん……っ」

「おひさ。相変わらず、ホグワーツに通えそうなくらい可愛《かわい》いね」

ホグワーツに容姿は関係ないが、と海那は思う。

彩音の出会い頭の褒め癖は、営業職の母親ゆずりのようだ。

「どうしたのこんなところで？　彩音に届け物？」

「彩音がどこに行ったか知りませんか⁉」

「……学校に行ってたんじゃないの？」

海那は背筋が凍りそうになった。

鍵を開けてもらい、霧谷《きりたに》宅にお邪魔する。逸《はや》る気持ちが抑えられない海那に対し、母親のほうはびっくりするほど落ち着いていた。

彩音の部屋に入り、電気をつけると膨れ上がった布団《ふとん》が。

「ほーら、いるんじゃない。なに学校サボってんのよあんた」と彩音母。

「…………」

「ほんと、なに考えてんのかよくわかんない子ね～」

そう悪態をつき、彩音母は買い物袋を片付けにキッチンへ。「海那ちゃんも夕飯食べてって～」と歓迎を口にしながら、空気を読んだのか二人きりにしてくれた。

「……彩音？」

海那はおそるおそる声をかける。

「…………うぃ～」

ベッドの中からぎょろりとした瞳が覗《のぞ》く。目の下は隈《くま》だらけだ。

髪はボサボサで、あの手入れの行き届いたグレーの髪が山姥《やまんば》のようなありさまだ。それでも海那は、目が潤むほど嬉《うれ》しかった。

「よかったぁぁ……。わたし、もしかしたらもしかしてって思っちゃった」

海那は目尻の雫《しずく》を指先で拭う。

「すまんー……。あ、LINEくれてた？」

「うん。でもいいよ。気にしないで」

「……」彩音がベッドをまさぐり、見つけたスマホを取り出して言う。「充電切れたまんまだったわ。通知だけで電源って落とせんだな。すげー」

彩音は両腕をぴんと布団に這《は》わせ、背筋をぐっと伸ばした。まるで本物の猫だ。

海那はミニテーブル脇にクッションを見つけ、その傍《そば》ですとんと腰を落とす。

「彩音、大丈夫？」

「ん～……。別に問題ないかなー」気怠《けだる》げにそう返事する彩音。

「でも、この部屋」

海那《みな》は乱雑に散らかった部屋を見渡して言った。

前に遊びに来たときは整理整頓が行き届いていた。彩音《あやね》はこう見えて綺麗《きれい》好きだ。それゆえ、いまの惨状には驚きが隠せない。

絶賛炎上中だという話を避けて通れないとみたか、彩音はベッドを下りてミニテーブルの前にどかりと腰を下ろした。イージーパンツにキャミソールという大胆露出のまま、気にもせずあぐらを掻《か》く彩音。

「まぁ、あたしもこれで踏ん切りがついたね」

話が飛躍して海那も面食《めんく》らう。

「――VTuber、引退するわ」

彩音は申し訳程度に手櫛《てぐし》で髪を梳《す》き、ヘアゴムで後ろ髪を縛り上げる。そして放置されていた飲みかけのペットボトルを引っ摑み、お茶を喉に流し込んだ。

気にしてないとばかりに、わざとがさつな態度でいるようだ。

「わたしは、それには大賛成だけど……」

「だけど？」彩音は訝《いぶか》しんで眉間に皺《しわ》を寄せた。「まさか、ミーナもあの珍獣と同じように説教じみたこと言うつもり？」

「そんなことしないよ」海那は優しげな表情で首を振る。「わたしは純粋に、彩音がなにか心残りがありそうな気がして……」

「心残りぃ……？」

彩音は顔を引きつらせながら、次第に真顔になって虚空《こくう》を眺めていた。

「そういや、あった。心残り」

「どんなこと?」

海那は今日、聞き役に徹するつもりでいる。

そういう形でしか、彩小路ねいこの魂に寄り添うことができない。――否、それこそが友達の特権だ。業《ごう》にも、ほかの猫公務員にもできない、海那だけのやり方だ。

「心残りといえば」彩音は髪を指に巻きつけながら言う。「――鏡《かがみ》モア」

「え……」

予想だにしない名前を聞き、海那も言葉に詰まる。

「鏡モアとコラボしたかったにゃ」彩音はちろりと舌を出して海那を見る。

「知ってたの⁉」

「当然。ミーナ、声まんますぎ」

「ひぇ〜。いつから⁉」

「デビューしたてのときから。ミーナがVの話をしなくなった時期も被《かぶ》ってたし、VTuber界隈《かいわい》じゃ、ベササノの魂募集企画って目立ってたしね。鏡モアの声聴いてみたら、ミーナすぎて笑ったわ」きひひと屈託なく笑う彩音。

思えば、彩音とは最近、VTuberの話をしなくなっていた。

乃亜《のあ》や玲《れい》の炎上がきっかけだったと海那は信じ込んでいたが、真実を語れば、鏡モアの活動に葛藤を抱えるようになってから、海那のほうが話題を避けていたのだ。

たまに彩音は推理ごっこを始める癖がある。

ほとんど当てずっぽうだが、野生の勘なのか、鋭い指摘が飛び出ることもあった。

海那は頬を紅潮させ、ぶんぶんと手を振る。

「でも、もしわたしがまだVTuberやってたとしてもコラボなんてっ。ねいこのほうが大手すぎて釣り合わないよっ」

「あたしが見てた時期は同じくらいの規模だったよ」

彩音はよくVTuberがやるような大袈裟《おおげさ》な相槌《あいづち》、両手を振るなどを再現しながら言う。

「コラボ配信でリスナーにてぇてぇとか言われてさ……。オフコラボもこんな風にできただろうし、お互いリアル知ってるし、語れることもいっぱいあった」

彩音が惜しむように天井を仰ぐ。

「もう、そういうのもできないんだなーって」

「できるよっ！」海那が身を乗り出す。「転生すれば――」

海那はそこで言葉を切る。ややトーンを落とし、躊躇《ためら》いがちに打ち明ける。

「……モアも、リスナーさんが望まない形で引退しちゃった。でも、いつかは再デビューしようって考えてる。それができたらわたし自身、あの引退に踏ん切りがつけられるんじゃないかって思うんだ。だから彩音も」

「無理だよ……」

彩音は力無くそれを否定した。

活路が開けると考えていた海那は、冷や水をかけられた気分になった。

「どうして？」

海那はふと、聞き役になると決めていたことを思い出す。

「だってさ、あたし……もう限界だもん。いま、大炎上してんだよ？」

彩音の声が震えていた。

「最初は顔も知らない誰かに否定された気になってヤキモキしてさ。張り合おうとして、もっと面白いことしようって頑張ってみたけど」

彩音は嫌なことを思い出したようで、深く溜《た》め息をついた。

「でも、あいつら異常だにゃー。なに言い返しても屁理屈《へりくつ》で返されたり、人が気まぐれで言った発言を拾い上げたりしてくるにゃ」

ふざけて語尾をねいこに変える彩音。その言葉こそ本心なのだ。

「まるで世界中があたしを否定してるようでさ。気が狂いそうだにゃー」

「彩音……」

海那も炎上を経験した。だが、その悪意は自身に向けられたものではない。

ベササノを避雷針として間接的に炎上したまでだ。正直、それですら怖かった。彩音の場合、直《じか》に悪意を向けられている。

「悪口はあたしじゃなくて、ねいこが言われてるんだって割り切れるけど、でもここまで罵倒されるVTuberっていったいなんなの？　二次元だからって架空のキャラクターみたいに心がないとでも思われてんのかな？」

彩音は零《こぼ》れ落ちそうな涙を指で押さえていた。

「——もうVTuberやりたくないよ」

「そう、だよね……」

自業自得《じごうじとく》といえばその通りだ。

けれど、彩音はそこまで悪いことをしただろうか。

インターネットで多少ふさわしくない軽口を言っただけ。特定の層を批難するような書き込みをしたわけでも、誹謗《ひぼう》中傷やヘイトスピーチをしたわけでもない。

注目を集めるための過激な言動など、YouTuberなら誰しもやってきたことだ。

落ち度があるとすれば、リスナーの感情を悪い方向に煽《あお》り抜いた程度。だからこそ海那は、彩音の挫折を心から残念に思った。

「彩音がしんどいならそれでいいと思う……。忘れられるまで、しばらく離れていた方がいいかもね。暇つぶしならわたしも付き合うし」

「海那は最近忙しそうじゃん。……でも、ありがと」彩音が歯を見せて笑った。

海那も安心して笑顔を向ける。

――これでよかったのだろうか？

海那は自分の働きぶりに懐疑的だった。業に毒づいたわりに、できたことは友達として心に寄り添うだけだ。それはそれで大事なことだと胸を張れるが、本質的に、ねいこの炎上をどうにかできたわけではない。

そのときちょうどiPhoneが鳴る。業からの着信だ。

『彩音と一緒か？』応答したとたん、彼はそう訊ねた。

「はい。でも、もうカルゴさんの出る幕はないですよ。わたしが――」

『おれじゃない。彩音に渡してほしいものがある』

「渡してほしいもの？」

この期《ご》に及んで何を渡すつもりだろう。これから燃やそうというVTuberに贈り物は不自然だ。それとも贈り主は猫公務員？　――だが、彼女はアマゾンの欲しいものリストを公開していて、プレゼントはそこから届くようにしている。いずれにせよ、せっかく彩音の心の傷を癒やせそうだったのに、傷口を抉《えぐ》ることにならないだろうか。

警戒の色を顔に浮かべ、海那は聞き返す。

「どんなものですか？」

『ファンレターだ』業がぶっきらぼうに告げた。

一番ありえそうなものなのに、海那にはそれが心底意外なものに思えた。戸惑って何とも言いかねている海那を、彩音が不安そうに見つめていた。

8

彩小路《あやのこうじ》ねいこの活動姿勢のせいだ。

彼女はファンの囲いや熱烈なアピールを疎《うと》い、そういった湿っぽいものを受け付けていなかった。伝えたいメッセージはPeing質問箱で受けるというスタンスだ。

個人勢VTuberの彼女が住所を公開するわけにもいかず、郵送物も受け取れない。

それゆえ海那は、ねいこ宛てのファンレターという代物が異質なものに見え、怪訝《けげん》な目で見つめていた。

「――こら。ファンの想《おも》いの結晶をそんな目で見るな」

部屋の中央に置かれた段ボール箱をまじまじと見る海那を、業は窘《たしな》めた。

「でも、どうやって集めたんですか？　こんなにたくさん……」

彩音と二人きりで話をした翌日、海那は彩音より一足先に業の部屋を訪れていた。

三十通を優に超す数の色とりどりのファンレターがそこに納められている。

これは第一陣。話によるとまだまだ届くらしい。一度に渡すのも骨が折れると思い、まず一箱分を彩音に引き渡すことにした。じきに彩音も到着する頃だろう。

「おれが集めたんじゃない。キャップンさんが集めた。ファンにかけあってな」

「ＳＮＳでは、そんな声はなかったような気がしますけど……」

「Discordのファンサーバーがある。あぁいうセミクローズな場は、推しにサプライズの企画をするには都合がいい。……ったく、これじゃどこかのファンと同類だな」

業は呆《あき》れたように溜め息をついた。表情はどこか誇らしげだ。

そこで疑問が湧く。蒸し返すことはためらわれるが、恐る恐る海那は訊いてみた。

「でも、ねいこのファンってみんな気持ちが離れていたんじゃ……」

夢叶《むかなえ》乃亜が炎上したとき、カルゴの訴えが誰の耳にも届かなかったように――。

「見てみるか？　おれも加入させてもらった。荒羅斗《あららと》カザンのアカウントで」

業はスマホのアプリを立ち上げ、海那《みな》に渡した。そこには見慣れたDiscordの画面で『猫公務員の談話室』というサーバーのテキストチャンネルがあった。

直後、インターホンが鳴り、即座に玄関が開け放たれた。

「やっはろーっ！」

彩音《あやね》が溌剌《はつらつ》とした様子で現《あら》われる。海那はほっとしつつ、業から渡されたスマホを後ろ手に隠した。ファンの秘密を当人に見せるわけにはいかない。

「彩音、元気そうでよかったよ」

「うん。もう吹っ切れた。心配かけたね」たはは、と彩音は気まずそうにはにかむ。

「やっときたか。これ、おたく宛ての届け物だ」

業が彩音を見据えて言った。

彩小路ねいこは謝罪動画を削除した時点から活動休止中だ。その魂のケロッとした様子を見られるのが、業と海那の二人だけなのが惜しい。

「聞いてるよ。——とかなんとか言っちゃって、本当は寂しくてあたしに会う口実が欲しかったんだろ？　こんにゃろ。にひひ」

彩音は悪戯《いたずら》っぽい笑みを浮かべ、業《ごう》の頰を指で突《つつ》いた。業は涼しい顔でなじられる。そのかわいげのなさに彩音も熱が入り、頰をつまみはじめる。

「彩音っ！　はいこれ！」

見かねた海那が段ボールを彩音の前に置いた。

「ん？　これが？」彩音が興味深そうに覗《のぞ》く。「なーんだ。菓子折りじゃないんだ」

「なんでおれが菓子折りを彩音に渡すんだ」

「ほら、心配してくれたみたいだし。こないだ海那がお菓子どころか、うちの夕飯までたらふく平らげていったからね。そのお返しかなって」

言って彩音は舌をちろりと出した。海那は大食らいを恥じ、赤面している。

業は段ボールの中身に目配せする。

「ファンレターだ。彩小路ねいこ宛ての」

「ファン……レター……？」

彩音が異邦の言葉でも聞いたように繰り返した。

「え……。まっさか～。冗談はヨセミテ国立公園」

「おっさんか。こいつ」業は短く溜め息をつく。「本物だ。差出人の名前、配信でよく見かけるやつばかりじゃないか？」

業がそう言うと、彩音は疑い深い顔でそれらに手を伸ばした。封筒の裏面に書かれた名前の数々を確認するうち、みるみる彩音は眉尻が下がっていく。

「なんで。どうしてこんなもの――」

彩音が一通を取り出し、誰にも見られないように顔を近づけて読んだ。

【彩小路ねいこちゃんへ
元気にしてますか？

毎週ねいこちゃんの雑談配信をとても楽しみにしていました。今はつらいかもしれないけど、また戻ってきてくれることを楽しみにしてます。ねいこちゃんの声は癒やしと元気をくれます。僕は永遠の猫大臣支持者です。ツイッターには恥ずかしくて公開できませんが、少しでもねいこちゃんが元気になってくれるように絵を描いてみました。

これからもがんばってください。

：以下、彩小路ねいこの配信風景イラスト：】

【ねいこちゃん
少しの間違いくらい誰だってすると思います。

僕も前に、クラスで空気の読めないことを言って笑いぐさにされたことがあります。

一時期学校にいけなかったけど、その間にユーチューブで暇潰ししていたら、ねいこちゃんに出会えました。だから今はその経験があってよかったって思ってます。

今度はねいこちゃんが救われる番です。僕の手紙で少しでも力になれたら、ですが。

周りの人がどんなに批判しても僕はねいこちゃんの味方です。

僕には何の力もなくて、何にもできなくてごめんなさい。手紙が渡せると聞いて、こんな身勝手なことを言ってるけど、気持ちだけでも届けたかったです。

あと、ずっと会えないままだけど、こんな形でお別れするのは嫌です。

でも体にはくれぐれも気をつけてください。ねいこちゃんが心身とも健やかでいられることが一番だと思います。これからも応援しています】

【彩小路ねいこ様
残暑の厳しい日々が続きますが、お体の方いかがでしょうか。

私がVTuberで初めて見た動画はねいこさんの歌ってみた動画でした。

それまでVTuberとは、ただYouTuberのバーチャル版が適当に喋《しゃべ》っているだけだと食わず嫌いしてましたが、ねいこさんの歌声を聞いて考えが変わりました。

あなたには才能があります。それは歌ももちろんですが、人を楽しませることができる才能です。私のような歳《とし》の人間でも、ねいこさんのウィットに富んだ口調と現政権を皮肉ったような語り口には何度も笑わせていただいたものです。

その才能が愉快犯に潰されてしまうのは惜しいことです。

私は猫大臣の年齢を存じませんが、声質からだいぶお若い方だと思っています。失敗することは何度もあるでしょう。私から言わせてもらえば、失敗を怖《おそ》れず斬新な切り口で挑戦するねいこさんが輝いてみえました。

どんな形でもいいから、その才能を無駄にしないでほしいです。

老婆心ながらそれだけは伝えたかったです】

二通、三通と彩音が手紙に目を通すと、彼女の瞳から雫《しずく》がぽたりぽたりと落ちた。

声もなく、ただひたすらファンレターを読み、頰を濡《ぬ》らしていく。その顔には感謝とともに、幾ばくかの後悔の色も見えた。

業は冷淡な目つきで彩音を見下ろしていた。

かつて、とあるVTuberに裏切られた。そんな業の目には、この彩音の姿はどう映っているのか。あの推しはファンとの別れに涙を流しただろうか。

海那はふと、業から渡されたままのスマホの画面に目を向けた。

まだかろうじてロック画面にはなっていない。百二十人ほどの猫公務員で構成されたDiscordサーバーでは、キャップンという野球帽アイコンの男が、彼女を励まそうと働きかけている様子が窺《うかが》える。

――2022年7月14日――

○キャップン　2022／7／14

…とある伝手《つて》を通じて、ねいこちゃんに手紙を届けられそうです。思いを伝えたい方は私の他にいらっしゃいませんでしょうか？

…表立っては非難の的になるような状況ですので、みなさんもなかなか本心を伝えにくいかと存じます。でも手紙という形でなら、ねいこちゃんに気持ちが届けられます。いかがでしょうか？

…ちなみにこんな記事も見つけました。【リンク】

…追い風が吹いているように感じます。少しでもファンの声援が多い方が、ねいこちゃんも喜んでくれるはずです。

何度かの声かけのあと、誰かが答え、雪崩式にほかのファンも反応していた。

海那はその追い風となった記事が気になり、こっそりリンクを踏むことにした。閲覧すると何のことはない、見慣れたブログ――【燃えよ、ぶい！】だ。

彩小路《あやのこうじ》ねいこを取り上げたその記事は、業がせっせと編集していたあの画面で、海那はそこでようやくブログの中身を読んだ。

【記事内容】

彩小路ねいこ炎上事件について、独自の見解を述べる。

まず彼女の配信スタイルから解説していこう。

——彩小路ねいこの活動——

YouTubeチャンネル登録者八万人をひかえた彼女だが、その配信は主に歌と雑談、時折ゲームを通じて視聴者に笑いのネタを提供するスタンスを取ってきた。

——再生数の多い動画の分析——

彼女の動画でもっとも再生数が伸びたのは、意外にもこちらの動画。

リンク「バーチャル界であたしが掲げるマニフェスト四選」より。この動画はYouTubeで流行《はや》っていた厳選動画に乗じて投稿されたものだが、このとき、彩小路ねいこは彼女なりの公約を掲げている。そのマニフェストの最後にはこんな一節があった。

「どんな内政干渉、諸外国の圧力にも屈さず、ねいこ独自の面白いを追及します！」

この言葉通り、彼女はこのたびハッシュタグで炎上を引き起こしてしまう。

——政権批判的な言動は、以前から見られた——

一方で、こちらの二ヶ月前の配信アーカイブ。四十五分の辺りを見てほしい。

彼女は国会のやりとりを模倣し、モノマネを披露している。彼女がモノマネで政治を揶《や》揄《ゆ》するスタイルが鉄板ネタで、これが彩小路ねいというVTuberのアイデンティティの一つであった。つまり、件《くだん》の謝罪動画で火種を無闇に広げたと分析する考察屋は、彼女の配信の下調べが足りない扇動屋である。

有識な考察系ブロガーならこの辺りは当然調べるものだが、果たして……。

——血税。高額納税者。ファンとの向き合い方——

炎上を加速させる言動の一つとなった『血税』や『高額納税者』について、表面だけを掠《かす》め取って批判している者にあらためて問いたい。これまで数多くの彼女のスタイルを示してきたが、ここまで読んだ諸君はもう彼女の性格に気づいたことだろう。

彼女は皮肉の利《き》いた言動が人気のVTuberである。

そこに現実の政治家のような、詭弁《きべん》のような言論は、自分が配信を見たかぎりでは確認できなかった。また、ファンの血税を感謝する場面においても、彼女は時折、課金者を気遣って「無理しないで自分のおやつ代に使ってね」や「みんな、ふるさと納税してる？」などとファンの節税関連について配慮する場面もあった。

——リンク【おはなししようっ！　夜更《よふ》けの猫トーク】より。

また、別の配信でも納税に関する知識を披露し、ファンの支持を集める一幕も。

つまり、彼女自身はある程度の税金への理解があり、ましてや増税施策について言説している場面は一度もない。それを発狂した動物のようにバカ騒ぎする連中は、一度自らの無知を振り返ると冷静になれるだろう。

それこそ同じ動物である猫ですら配信ができるんだ。

動画を見るだけなら君たちでもできるだろう。

【この記事に対するコメント】

：逆張り乙

：完全にファンのお気持ちブログｗｗｗ

：アラララトさんVTuber擁護すんの珍しいな

：彩小路ねいこ嫌いじゃないし、むしろ好き。煽《あお》ってる連中が異常だよ

：また活動休止に追いやられる被害者がここに……

：助かる。他記事は批判ばかりでなにが言いたいのかわからんかった

：ありがとう。

海那《みな》は信じられないものを見たように、目を瞬《しばた》かせた。

彩小路ねいこの炎上をこれほど詳細に語るブロガーは、ほかにいないだろう。

炎上ネタに便乗してアクセスを稼ぐだけ稼いだら、消耗品のように次のネタに飛びつくのが野次馬だ。ブロガーに限らず記者はそういう性質を孕《はら》んでいる。

いままでの荒羅斗《あらと》カザンもそうだ。なのに、今回は普段の彼とは違った。

あまつさえ当該VTuberを擁護しているのだ。読者も驚きのコメントを寄せている。

「カルゴさん……。これ……」

「なんだ？」

「なんですか、この記事」

海那はファンレターを涙ながらに眺める彩音《あやね》に気づかれぬよう、小声で囁《ささや》いた。

「炎上ネタを記事にしただけだが」業《ごう》はしれっと言う。

「でも内容が……擁護に回ってません……？」

「逆張りという手法だ。今回炎上が広がりすぎて、いろんな考察班が記事を先出ししたからな。たまにはこういう記事の方がウケるんだ」

「いや、擁護したいだけですよね……？」

「アクセス数が欲しかっただけだ」

「逆張りでここまで調べませんって！　しかも、たまにって言いましたけど、わたしが知るかぎり初めてですよっ」

「ふん。好きに解釈しろ」とうとう業が顔を背けた。

海那は唖然《あぜん》として業の横顔を見た。

夢叶乃亜《むかなえのあ》の炎上で、もしこんな記事が一つでもあれば、ファンの心情も少しは変わり、カルゴの声かけに応じる仲間もいたかもしれなかった。彩小路ねいこの炎上が当時の夢叶乃亜と違う点は、味方となる発信者がいること。そのほんの些細《ささい》な違い――。

それがどれほど貴重なものか、苅部《かるべ》業は痛いほどよく知っている。

海那はつい口元を綻ばせる。姿は変わってしまっても、彼は、その魂までは売っていなかったようだ。

「彩音」

業が頃合いを見計らい、声をかける。

「……ん？」彩音は涙を拭いながら顔を上げた。

「ファンの気持ちに寄り添う気はないか？」

業はいつかの問答をやり直した。

9

○彩小路ねいこ@新作動画公開！　@Neko_AyanoKoji

ごめんなさい。思うところあって辞表を出すことにしたにゃ。でも勘違いしないでほしいのにゃー。今回の引退、次に挑戦しようと思うことができたからにゃ。みんなの声援、確かに受け取ったぞ！　というわけで電撃告知～！　猫大臣引退配信のおしらせにゃ

2022-07-15 18:11:37

彩小路ねいこはTwitterで引退を表明した。一部のアンチから勝利宣言や笑い飛ばすリプライも来ていたが、数で言えば、ファンからの激励や祝福のほうが圧倒的に多い。

引退配信は日曜日の夕方――。

立ち直ったとはいえ、心の傷が癒えていない彩音は、業と海那の協力で、とあるVTuberスタジオにて配信を決行することにした。

「今から向かうよん」彩音は軽快に言った。

『タクシーを駅前に待機させた。黒のハイグレードだから、すぐわかるだろう』

彩音は自宅のマンションを出て駅前に向かう。

今回は配信スタジオを使う。配信は炎上以来で、彩音も緊張が拭えない。

「なんか悪いね～。あたしのためにスタジオ借りて、タクシーまで呼んでくれてさ」

『正直、あんたのポテンシャルの高さには驚かされた。おかげで、おれのブログのアクセ

ス数も跳ね上がったからな。そのお礼だ』

業の淡々とした口調が彩音にはクセになっていた。

言い方に棘《とげ》はあるものの、どこか温かみを感じるのだ。

「なぁ、あたしが転生したら、カルゴがトップオタになってよ」

『は？　調子に乗るな』

「生まれる前からの認知だぞ？　古参っつーか、もう赤い糸だね。どう？　嬉《うれ》し？」

『おれの推しは乃亜だけだ』

「あーあー未練がましいー。ミーナに言いつけるぞー？」

業の溜《た》め息が耳を撫《な》でる。

『あいつもノア友。おれと同類だ』

「それはどうかな～」彩音は悪戯《いたずら》っぽく笑う。「ま、誰かさんを推してることには変わりないだろうけどね。にひひ」

『……？』

彩音はあれこれと矢印の向きを頭に描いては、ひっそりとほくそ笑んだ。

通話を切り、駅前に着く。自動販売機で買った緑茶を一口飲み、彩音はよしと拳を握りしめた。すぐそこに黒塗りのタクシーが予約中の表示で停《と》まっている。

その運転手に声をかけ、後部座席のドアを開けてもらう。

「お客さん、苅部様のご予約で？」

「そうでーす。お願いしまーす」

業の名前が出て安心した彩音は座席に腰を下ろした。運転手も目的地を聞いていたようで、するりと車体を道路に滑らせた。

彩音の暮らす川口から池袋まで向かう。時間にして三十分程度の距離だ。

国道122号線を進み、新荒川大橋を渡る頃には道路も混雑して停車が多くなった。

「お客さん、緊張しているようですが、大事なご用事ですか？」

タクシー運転手が眼前に続く車を見ながら彩音に喋《しゃべ》りかける。

彩音は運転手から絡《から》まれることに良い顔をしなかったが、業が用意した予約車だ。あとの配信を考えると会話も億劫《おっくう》だが、無視するのも悪い。それとなく返事した。

「うん……大事かな。いままでの活動を変えて新しいこと始めるんだ」

「そうですか～。頑張ってください」なにやら、運転手の声も震えている。

「ありがと」

その当たり障《さわ》りのない会話を彩音は苦痛に感じなかった。気が紛れるからだろう。

「運転手さんもなんか緊張してない？　声震えてるよ」

「あ……いえ、今日でこの車ともお別れかと思うと」

「マジで？　運転手さん、仕事やめるの？」彩音が食いつく。

「ええ。今日付で会社を辞めて、個人タクシーに鞍替《くらが》えしようかと」

「そうなんだ。あたしと一緒じゃん」

「え……？」運転手が戸惑いの声をあげる。

「あぁ、いやこっちの話。へへへ」

運転手が交差点を右折車線で停車し、帽子を被《かぶ》り直した。

「新しいことを始めるとき、とたんに前の自分が惜しくなるように思います。後悔とは違うのですが、もっとこうしたらよかったんじゃ、とか」

「あ〜わかる〜。センチメンタルってやつだよね〜」

すっかり彩音は運転手と打ち解けていた。もはや友達と話す感覚だ。

「あたしも新しいことに挑戦するんだけど、やっぱり前のことが気がかりでさ……。あまり詳しく言えないけど、ファンがつくような活動をしてたんだよね。でも、それを切り捨てて次に踏み出すのって、後ろ髪引かれる気分でね」

運転手は「はぁ、なるほど」と呟《つぶや》き、交差点を右折した。片側二車線で車線変更のタイミングを気にしたり、路肩のバイクに注意を払ったりと、その目線は忙《せわ》しない。

運転手は彩音との会話を再開した。

「ファンがつく仕事は立派です。あなたが踏み出すことで、寂しいと思う人も確かにいることでしょう。ただ――」

「ただ？」

「ファンなら誰もがその挑戦を祝福してます」

運転手の語気が少し強くなったような気がした。

「たとえ目の前からいなくなったとしても、感謝の気持ちしかありません。もう二度と会うことがなくても、次のステップに進んで頑張る姿に心打たれるんですよ」

まるで自分事のように語る運転手。そこまで個人タクシーへの鞍替えに意気込みがあるのか。彩音はその語り草を呆然《ぼうぜん》と聞いていた。

「歳《とし》を取ると、出会いと別れの繰り返しばかりで鈍感になりますが、でも、それらの出会いに感謝を忘れたことはありません」

「そう……」

猫公務員の皆はこの引退を受け入れてくれるだろうか。

配信が始まるまで、この不安は拭えない。

「大丈夫です。少なくとも、自分ならそう思う」

運転手は一度も振り向かず、後部座席のドアを開けた。気づけば目的地に着いていた。

「着きましたよ。どうかお元気で。これからの活動も応援しています」

「……はい。ありがとうございました。運転手さん」

彩音の不安は、不思議と和らいでいた。ドアを閉める直前、「お代は頂いています」と言い残し、運転手は颯爽《さっそう》と走り去ってしまった。

彩音は池袋のビル群を見上げて放心する。そこで、ふとあることに気づいた。

慌てて振り向き、タクシーを探す。もう何処《どこ》にもいなかった。

「これからの活動、も……？」

とくに意味のない声援だったかもしれない。だが、彩音はその運転手の声援が、先日届いたたくさんのファンレターの中の一つと重なるように感じた。

「……うん。次は絶対に失敗しないからさ。だからずっと応援してて、よね」

彩音《あやね》はもう姿も形も見えないタクシーにそう返事した。

確認しようと思えば業《ごう》に聞ける。彼がタクシーを予約したのだ。

だが、真相には触れない方がいいと彩音は思った。

VTuberの魂に触れることは禁忌だ。向こうもそれをわかっているから、たまたま乗り合わせた運転手と乗客として、さよならを告げたのだ。

本名も顔も知らぬまま、推しとファンが繋《つな》がる一期一会《いちごいちえ》の世界。それがVTuber界。そんな世界で活動していてよかった。そう思い直し、彩音はスタジオに足を運んだ。

10

○野良猫《のらねこ》が支持したそうにこちらを見ている
○引退ざまぁ
○引退詐欺おつ
○で、謝罪は？
○野良猫が支持したそうにこちらを見ている
○ガチ引退？
○またネタだろw
○はいはいドッキリ大成功

案の定、配信が始まるまでのコメント欄は賛否に溢《あふ》れていた。

ねいこの不誠実さは、お家芸として大衆に知れ渡っている。けれど茶番を期待しているのは一部の野次馬。この配信が最期《さいご》になることを真のファンは理解していた。

『にゃろはー』

いつもの舌足らずな声。欠伸《あくび》する猫のロード画面が切り替わる。

そこにはユニセックスのワイシャツを着た、普段通りの彩小路《あやのこうじ》ねいこがいた。

『……あなたの生活を彩《いろど》る猫省庁っ』嚥下《えんか》する喉の音。『猫大臣系 VTuber、こと彩小路ねいこ、っだ』

ねいこは洟《はな》を啜《すす》り、『あぁ、くっそ！』と涙声で囁《ささや》く。

○がんばれ

○【¥5，000】

○野良猫が支持したそうにこちらを見ている

○【¥1，000　鯖《さば》缶代】

○初リアタイだけど声かわよ

『えへへ……っ。はにゃ〜〜。絶対泣かねえって決めてたのにさ、配信はじまると結局ダメだったにゃ。すまんな、おまえら』

ねいこは涙を拭う。猫公務員たちの想《おも》いを思い出したのだろう。たっぷり時間をかけて深呼吸し、猫大臣として振る舞うための自己暗示をかけてから再開する。

『とりまっ、勘違いしないでほしいのにゃ』

○引退！　引退！　さっさと引退！

○勘違いしないでよねっ＝＝

○好きなだけ泣けばええ

『今回の引退、嫌になって引退するわけじゃないのにゃ。それで、今日は活動の振り返りとみんなへのお礼もしたいから——特別ゲスト！　秘書の登場にゃ！』

○秘書？

○黒歴史振り返るとかメンタル強すぎるだろ

○ねいこは元からメンタル極振りだが？

○秘書って？

○ねいこちゃんが前向きな理由で引退すると聞けて嬉しいです

○【￥1，220　餞別《せんべつ》になるかわからないけど、今まで楽しませてもらった分】

ねいこはガワを縮小し、隣にフリー素材の人型アイコンを並べた。Twitterの初期アイコンのような雑な素材だ。胡乱《うろん》なテレビ番組の取材相手にも見える。

○これは草

○関係者草

○せめてVの人連れてこいよｗ

○引退配信とはｗ

『この子は秘書のカァちゃん』ねいこはテロップを打ち込んだ。字幕でカァちゃんという名前がアイコンの下に表記される。

○かあちゃんw
○かあちゃんはさすがに無理www
○リアルママ?
○かあちゃんといっしょ～黒歴史篇《へん》～
○娘さんがお世話してます。ぼくを
○J(´ー`)し 今日はたかしの卒業式ね……
○お母さんを僕にください

『カァちゃんはカラスのカァちゃん！ たかしって誰にゃ。あたし、野良猫時代も長いかんね。そのとき仲良くなったにゃ。いやぁ～さすがあたし。政治家は人脈が広いにゃ』

○ねいこの煽《あお》りも戻ってきたな
○わりとガチで引退してほしくない
○【￥500 だいすきです】
○かあちゃんで人脈イキリは草

『みんな血税ありがとにゃ。ちゃん見てるからね。じゃあカァちゃん。お願い』

『はーい』丸みを帯びた癒やし系ボイスが登場した。『えー、カラスのカァです。ねいこちゃんの秘書をやらせてもらいます』
○カワボｗ
○カァですｗｗ
○なぜもっと早く秘書をださなかった
○この声 VTuber だろ。特定班はよ
○最後まで彩小路らしくていいな
その指摘通り、雰囲気はすでに炎上前のそれへと戻りつつある。劣勢をもコメディに変える彩小路ねいこのパワーは天性の才能と言っても過言ではないかもしれない。

『突然の登場でごめんなさい。今日はわたしがインタビュアーになって、ねいこちゃんの引退会見をサポートしますね』

『カァちゃんはね～、とてもかわいくて頼もしいんだよ』

すっかり朗らかになったねいこが、間髪入れずに相方を持ち上げる。

『っ……わたしのことはいいからっ』

『でもさ、カァちゃんとも今日が最初で最後のコラボだにゃ』

『ん、まぁ……そうなんだけどね』

『どうせ最後なんだし、派手にぶっとばしていこうぜぇ！』

『これ何の配信だっけ⁉』

○※今日引退する女です

○かわいい

○唐突なてぇてぇ

助《すけ》っ人《と》のカラスとは、もちろん小鴉《こがらす》海那《みな》のことだった。

単独配信だと、すべてのコメントに向き合わなければならない。だが、合いの手が挟まれば、その心持ちもだいぶ変わる。それもまたコラボ配信のメリットだ。

海那も、この配信は覚悟して臨んでいた。

自分は失敗してファンを悲しませた。けれど親友とそのリスナーはまだ救えるのだ。

引退会見は所々でねいこのおふざけが入りながら、カァの軌道修正がうまく噛《か》み合い、チャットも荒れずに進んだ。彼女たちはリア友。元より相性がいいのだ。

雰囲気が和むにつれ、荒らしや愉快犯もつまらなくなったようだ。

同時接続者数も落ち、リスナーはファンだけに絞られていく。

これまでで印象的なエピソードを振られると、ねいこが『七夕で集めた短冊《たんざく》紹介』と答え、ファンも涙腺が脆《もろ》くなったか、コメントの流れも弱まった。

『短冊に書いたあたしの願い事、覚えてるかにゃ？』

――みんな笑って大往生！　それが叶《かな》う日が今日だった。

配信終了時刻が近づき、カァが尋ねた。

『じゃあ、大臣。そろそろ締めの言葉を……』

『ん』ねいこは待ってましたとばかりに頷《うなず》く。『あたしね、猫公務員のみんなにはずっと悪いなって思ってたことがあるんだ』
○ざわ……ざわ……
○ねいこちゃんは悪くないよ
○ここで皆まで言うなよ？
『あたしがVTuberになったのって、正直流行に飛びついただけで……。顔出ししなくていいし。テキトーに喋《しゃべ》ってれば喜んでくれるし。お小遣い稼ぎにもなるし。飽きたらいつでも辞めちゃえばいいやって軽い気持ちでやってたんだ』さらに神妙な声で付け足す。『ほんと。これはガチ。みんなには申し訳ないけどさ……』

コメントの勢いが止まる。皆々、耳に意識を向けているのだ。

『けどねっ……。こうやってたくさんの人があたしを見てくれて、がんばれって応援してくれて……。つらい時期もあったけど、気持ちを届けようとしてくれてさ……！　今日だって……っ』

彩音は声を詰まらせる。

同時接続視聴者数5，219人。これだけの人間が、大炎上して悲惨な末路を辿《たど》った者を見守っている。愛想《あいそ》を尽かさず、その最期を見届けようとしてくれている。

手元にはファンレターの束。それらを握り、また続ける。

『今日だって一緒に盛り上げてくれたよね。こんな終わってる女の配信に、長い時間付き合ってくれたよね。それで……なんだろうね？　思わせてくれたよ、みんなが！』

彩音の声には涙も混ざりはじめていた。

『あたし、猫公務員のみんなが好き。いいや、好きだにゃ。……あぁごめん。もう頭バカすぎてキャラを守れん。……もう一回言わせて』彩音《あやね》は涙をすすり上げ、はぁと息をゆっくり吐いた。『あたしがみんなを好きだにゃ。みんなが好きって言ってくれる以上にね。だから、ありがとうっ……。こうやって繋《つな》がれたのはあたしがVTuberだったからだにゃ。こんな出来損ないのVTuberに、VTuberの良さを教えてくれたみんなのことが、あたしは好きだ。ありがとう本当に！　これを一番伝えたかった』

『ねいこ……』

〇【¥50，000　ねいこ、おまえがナンバーワンだ】
〇むちゃくちゃだけど良い子なんだよなぁ
〇ねいこちゃんのおかげで毎日楽しかったよ。本当にありがとう
〇【¥10，000　ありがとう】
〇88888888
『あたしはみんなのことが好きだから、ここで決別するんだにゃ。悪い猫大臣は卒業して良い猫大臣になる。そのための引退。ほんとごめん』
〇謝らないで
〇ねいこしか勝たん
〇ずっと推しだよ
〇体を大事に！　無理せずがんばってくれ！
〇【¥715　ほんとに楽しい時間をありがとう】
『ちなみに良い猫大臣になる……ってことは、ひょっとして？』
リスナー全員が訊《き》きたがっていることを海那は代弁する。
『うん。ここでは話せないけどさ。でも、すごく気持ちは前向きだよ。いつかどこかでまた会えるかもしれないにゃ』

『そっか〜。……猫公務員のみんなもきっと待ってるよ』

海那もその一人だ。一人の友人として、彩音の復活を待っている。

彩音は最後まで彩小路《あやのこうじ》ねいこらしく振る舞うため、そして短冊の願い事を叶えるため、いま一度Live2Dの自分に笑顔を向けた。

『ん。そんときは、また……たんまり税金納めろよにゃっ！』

『うん。ねいこの今後の活躍に期待だね』

海那の合いの手とともに配信が締めの音楽に切り替わる。

『おう！　期待してろよなっ』

『それじゃあ明るく締めよっか？』打ち合わせ通り、海那は言う。彩音も首肯した。『今日はありがとうございました。インタビュアーのカァと？』

『おまえらの生活を彩《いろど》り続けた猫大臣、彩小路ねいこだ〜っ！　さらばにゃ〜〜』

画面には「Thank you」の文字が添えられ、彩小路ねいこの晴れやかなポーズの一枚絵に変わる。ねいこのママが快く引き受けた、この日のためのイラストだ。

そこに色とりどりのスーパーチャットが飛び交う。

画面もコメント欄も最後まで彩り豊かに飾られ、彩小路チャンネルは幕を閉じた。

こんなに胸がすく投げ銭は、誰の目にも久しぶりだった。

猫省庁
LIVE
THANK YOU!
彩小路ねいこ ch.
COMMENTS
○ ねいこ、おまえがナンバーワンだ
○むちゃくちゃだけど良い子なんだよなぁ
○ねいこちゃんのおかげで毎日楽しかったよ。本当にありがとう
○ありがとう
○888888888
○謝らないで
○ねいこしか勝たん
○ずっと推しだよ
○体を大事に！ 無理せずがんばってくれ！
○ほんとに楽しい時間をありがとう
#ねいこ 辞任配信　@Neko_AyanoKoji

LIVE!

Case.3

天使のはしご

六翼なこる

身長　145cm
誕生日　9月16日
趣味　人間観察・路地裏探索
好きなもの　本
特技　歌とギター

RIKUYOKU
NAKORU

Girl・A・Mentoria

#nakorulive #rikuyoku　@nakoru

Case.3 - 天使のはしご -

1

薄暗い部屋の中、モニターの明かりがその双眸《そうぼう》を照らしていた。

大暑も近づく土用の入り。じっとりとはりつくような熱帯夜に、男は体の内側から溢《あふ》れ出る熱気を持て余し、息を荒くしていた。

マウスでシークバーを巻き戻す。

『——って言う以上にね。だから、ありがとうっ……。こうやって繋がれたのは、あたしがVTuberだったからだにゃ』

彩小路ねいこがそう告白した。このアーカイブもあと一週間で非公開となる。

それを何度も視聴し、男はメモを取る。ノートに発言を書き留めることが男の癖になっていた。推しを解釈するために始めたことだが、今回にいたっては解釈のためではない。

男は彩小路ねいこのファンではないのだから。

「繋がれたのは、VTuberだった……から……」

煮えたぎる心に燃料をくべるように、男はその炎上の顚末《てんまつ》を振り返る。

彩小路ねいこもVTuber界隈《かいわい》にインパクトを残す炎上をやらかした。あらましを振り返れば、過去の事件と並んでよく燃えた。燎原《りょうげん》の火のように。

それなら、いったいどうしてこんなエンディングを迎えられたのだろう？

もう一年も前の話。男が熱烈に推していたVTuber――夢叶乃亜《むかなえのあ》も炎上した。

リアルの醜態が曝《さら》け出され、引退配信もないまま彼女は消えた。別れを告げず、突然いなくなってしまったのだ。もし乃亜が引退宣言を――星ヶ丘ハイスクールでは〝卒業〟と呼んでいたが、卒業配信で別れの言葉をファンに伝えていたら？

男は自問し、唸《うな》る。

そうだ。きっとこの渇望《かつぼう》も多少はましだったはずだ。

紅涙を絞るねいこの配信アーカイブから脱し、ストレージに保存していた乃亜のクラウドファンディングのお礼動画を開いた。

『星ヶ丘ハイスクール所属の夢叶乃亜です！　ファーストワンマンライブプロジェクトを支援してくれたそこのあなた、本当にありがとうございますっ！』

当時と変わらぬ姿と愛嬌《あいきょう》で、乃亜は明るく微笑《ほほえ》んだ。

あぁ……、と男は嘆く。それも次第に嗚咽《おえつ》へと変わる。

『どれだけありがとうって言っても、きっとこの気持ちは伝えきれないんだろうなって思います。だから、私にできる最っ高のパフォーマンスで、これからも全力の活動をあなたに届けていきたいと思ってます。それが私なりの恩返し！　そう、最高っていうのは、最高ってことだよ？　えへへ』

「うっ……うう……」

ぽたりぽたりと涙がキーボードを濡《ぬ》らす。

『だいじょうぶ、大船に乗った気でいてっ！　私が証明するから！　そんで一緒に楽しい時間を過ごそうねっ！　……あは。そうそう、プロジェクトを支援してくれたあなたには特別に教えちゃう。キーワードは〝大船〟！　覚えておいてね。それじゃあもう一回。このたびは本当にありがとうございました～っ』

その大船は一晩で燃え尽きてしまった。

苦痛で胸が張り裂けそうになる。男はそうして夜な夜な言葉を反芻《はんすう》する。

「乃亜ちゃんに会いたい……！」

決意したように目をきっと細め、男はブラウザ検索を始めた。カタカタと忙《せわ》しなくキーボードを弾き、予《かね》てから目をつけていた新米天使のYouTubeチャンネルを開いた。

キャラクター。プロフィール。活動開始日。所属事務所。広告用プロモーション動画。

ガワの親であるイラストレーター。魂のオーディション記録。デビュー前のアカウントの有無。あらゆる細かい情報をかき集めて精査した結果、一万人を超えるVTuberの中、彼女は突出して〝夢叶乃亜〟だった。

男はその新人VTuberの痕跡を、じっくりと辿っていた。

我ながら、どうしてもっと早く彼女の存在に気づけなかったのか。

男はふと時刻を確認する。配信が始まるまで四分三十六秒。実のところ、彼女の配信をリアタイで見るのはこれが初めてである。

「やっと方舟《はこぶね》を見つけたよ……。乃亜ちゃん」

青白いライトに浮かぶ不気味な笑み。

夢叶乃亜が見せた方舟。その船に乗り、ともに新次元の宇宙へ昇華する体験を再び嚙《か》み締める。彼女との航海は、トップオタの自分にこそふさわしい。

薄笑いを浮かべた男の瞳に刻まれるチャンネル名。夢叶乃亜の転生先と噂《うわさ》されるVTuberのチャンネルだ。――『Rikuyoku Ch.／六翼《りくよく》なこる』

2

『夜更《よふ》けのお供に【よふえる】のはじまりはじまり～、だよ』

配信が始まると、一語一語を踏み固めるような声が響き渡った。清涼感がありながらも間延びした声が静謐《せいひつ》な夜にはぴったりだ。

○きちゃあ！

○こんえる～

○Hi Naco!

○きゃーなこるーん

○環境音いいね

○今週も生きられる……

『なこファミリアの皆の衆、ごきげんうるわしゅう。六翼なこるだぞ。今夜のハッシュタグは、よ・ふ・え・るで呟《つぶや》いてくれたら嬉《うれ》しいな。あとで見るからね』

六翼なこるが登場し、ゆっくりゆっくりと語り聞かせる声が続いた。

『デビューから早二ヶ月。あっという間だなぁ。いや～……それにしても暑くなった。天使のぼくも暑さにはめっぽう弱いのだよ』

○このゆるりとした空気好き

○初見です

○来週もっと暑くなるって

○夏休みもうすぐです！
○時の流れが早すぎてついていけない
○こないだ歌ってた少年旅行、よきでした

六翼なこるの活動は歌ってみたの動画投稿と、まったりとした雑談配信が主だ。

そのラジオのパーソナリティめいた活動スタイルによって、ほかの界隈と比べても大人しいファンで固められている。視聴者は各々《おのおの》、挨拶をしたり、近況報告をしたり、落ち着いた雰囲気で配信を楽しみ、互いにコメントで絡《から》むことはない。

夏の夜をイメージした環境音の中、鈴を転がすような声に風情《ふぜい》を味わうのだ。

『ん。夏休みか。もうそんな季節だな～。天使には関係ないのだがね。人間たちは熱中症には気をつけるんだぞ』

○水分補給しっかり！
○なこえるも無理しないでね
○推しの供給があれば十分
○バイト漬けです

ゆったりとしたコメントと質問の数々。その穏やかな歩調がなこるにとって都合がいいようで、ファンも推しとの呼吸を合わせるようにチャットの速さを斟酌《しんしゃく》している。

——この流れなら、と男は初めてなこるに質問を送ってみる。

○十万人を達成したなこるさんのこれからの活動目標を教えてください

○なこるんは暑いのと寒いのどっち好き?

○社畜に休みなどなかった

『暑いのと寒いの? もちろんぼくはどちらも苦手だ。誰にものを言っているんだい? そんな適応能力があったら天使は絶滅していないのだよ』

男の質問は他のリスナーの質問に流された。タイミングが悪かった。

六翼なこるは絶滅した天使の残留思念がバーチャル界に転生して配信活動をしている、という設定だ。独創的なキャラクター背景と達観的な言葉選びが魅力だ。

結果としてYouTubeチャンネルは伸び続け、デビュー二ヶ月で登録者数も十万人に到達していた。今宵《こよい》も同時接続者数は三千人を記録。華々しい数字である。

そんな彼女が次に目指すものとは何だろう。

男はまずVTuberを推すにあたり、推しが何を目指し、どこへ向かおうとしているのかを大事にしていた。それが推し事の基本。目指す方向を知れば適切な応援ができる。

だが、その目線合わせを無視とは……。

『突然だが、ここで一曲』なこるの手元でギターの弦が擦《こす》れる音がした。『では、お耳を拝借。常《とこ》しえの女郎花《おみなえし》Pさんで【夏が来て、風鈴の音】――』

コメント欄は［ハート］［音符］の絵文字が並ぶ。ゆったりとした曲調と透き通った歌声が曲名の通り風鈴を思わせ、リスナーの耳を心地よく撫《な》でた。

『――常しえの女郎花Pさんで【夏が来て、風鈴の音】でした。どうだったか？　ん。スパチャありがとう』なこるがギターを構え直す。『それにしても趣がある曲だ。あ、いま来た人間はハッシュタグ【よふえる】でツイートしてくれ』

歌が終わった頃合いを見計らい、男はまた同じコメントを繰り返す。
○**なこるさんのこれからの活動目標は何ですか？**
○**初めてコメントします！　チャンネル登録しました！**
○**歌うまいですね**
○**初見さんいらっしゃい**
○**風鈴いいよね**
○**癒やされた**
『ん、初見の人間か。ゆっくりしていってね』

またしてもコメントが流された。男は歯噛みした。

どうしてこうもタイミングが悪いのだろう。あるいは意図的に無視されているのか。

思えば、なこるが拾うコメントは配信にすっかり定着した古参リスナーに限っているような気がした。いや、そうに違いない。

それはVTuberとしていかがなものか。男は胡乱《うろん》げな瞳に不愉快の色を浮かべる。

夢叶乃亜だったら、こうはなるまい。彼女はリスナー一人一人を大切にしていた。初見が来れば小躍りして喜び、チャットはスーパーチャットのみならず、すべて拾う意気込みで配信を回した。時折、見逃しがないかを乃亜自身が不安がり、「拾えてなかったら同じコメントしていいからねっ」と呼びかけるほど気配りをしていたのだ。

それなのに、この〝乃亜〟は――。

『じゃ、そろそろ新コーナーといこうかね。この季節を乗り切るために、人間たちと夏を感じて馴《な》らしていきたい。題して【夏に舞い降りる天使なこえる～！】のコーナー』

なこるは唐突に画面を変えた。「新コーナー？」とリスナーのチャットが重なる。

これが三度目の正直、とばかりに男はキーボードに文字を打ち込んだ。

すでに男は周りが見えていなかった。

○夏に舞い降りる天使！

○いいね～

○なこるさんの活動目標は？　チャンネル登録百万人ですか？

○夏といえばスイカと花火

○夏コミ落選……

『ふふ。実はぼく、夏になると無性に読書がしたくなるんだ。だから、夏といえば読書かな。そこで今夜は朗読を披露したいと思うんだけど、いいかな？　眠かったら存分に寝てくれていいよ』

○なこえるの朗読！

○絶対寝ないＮzz

○本屋でもカドブンとナツイチやってるね

——なんということだ。男は瞳をぶるぶると小刻みに動かし、画面に映る六翼の少女を凝視していた。歯軋《はぎし》りも次第に強まっていく。

「やはり……こいつは……」

男は肩を震わせ、握りこぶしに込める力をさらに強める。

この〝乃亜《のあ》〟の振る舞いはなんだ。今宵の配信が初のリアタイであるものの、男は入念に六翼なこるについて調べ上げ、楽しむ準備をしてきた。だというのに配信主には見過ごされ、他のリスナーからもまるで空気扱い。

ゆったりと宙に浮かぶ未消化コメントが、哀れな自分を晒《さら》し者にしているではないか。

これまで彼女の運営は、プロモーションのたびに乃亜の後継者を匂わせ、それを受けて外野も乃亜転生説を騒ぐ事態になっている。異様に声がそっくりなのだ。

元ノア友のみなさんはこの子で悲しみを埋め合わせてくださいね、とにっこり微笑《ほほえ》み、揉《も》み手《で》でリスナーを歓迎する運営スタッフの姿さえ目に浮かぶ。

それなのに、この仕打ち……。

前世を匂わせるなら嘘《うそ》でもそれを貫かなければ、乃亜は報われない。あの炎上はVTuber界の歴史において、ただの愉快な見世物だったと暗喩するようなものだ。

『そうそう。実はもう朗読の準備はしてるのだよ。ぼくのお気に入りの絵本があってね。というわけでASMRにモードチェンジなのだ〜』

○いい夢見れそう

○期待

○やべえ、朗読ASMRとか俺得すぎる

この配信は見るに堪えない。こんなおぞましい侮辱を目《ま》の当たりにして、正気でいられるわけがない。乃亜のトップオタとして断じて認められない。

「アアァァァァアアアアッ！」

男は狂ったように吠《ほ》える。血走った目が暗澹《あんたん》とした部屋で赤く浮かび上がる。

「くそっ……。くそっくそっくそっ……」

男はパソコンモニターにすがりついた。

メディアプレイヤーでは乃亜が手を振って微笑んでいる。再生ボタンを押す。

『だいじょうぶ、大船に乗った気でいてっ！　私が証明するから！　そんで一緒に楽しい時間を過ごそうねっ！　それじゃあもう一回──』

きっと、これは試練なのだ。六翼《りくよく》なこるという脅威を贄《にえ》に女神を蘇《よみがえ》らせ、方舟《はこぶね》を浮上させる最後の試練。そこでようやく〝一緒に楽しい時間を過ごそうねっ！〟──だ。

居ても立ってもいられず部屋を飛び出す。

「燃やす……。あの女……。許さん」

あのろくでもない魂をネットに晒し上げ、伝説の夜を再現することで次のステージへ進む。それこそ死神の推し事にぴったりではないか。

『じゃあ、始めるよ。タイトルは【夜に鳴く鴉《からす》】。それでは、はじまりはじまり～』

かんかんかん、と紙芝居の拍子木のような効果音が響き渡った。

マイクが本を捲《めく》る音を拾う。はらり。

『〝真夜中にふと悲惨な記憶が戻ることはないかい？　ぼくはその日、すっかり弱りきって、夜には別れた恋人のことばかり考えていた。……窓の隙間から吹き込む風も、ひどく蒸し暑い。そんなとき戸を叩《たた》く音がした。トントントントン、と――』

3

トントントン。海那《みな》は業《ごう》の部屋の戸をノックした。

しばらく返答を待つが、一向に反応がない。

「ミーナ？　なにしてんの？」

隣に立つ彩音《あやね》が片眉を吊り上げ、一瞥《いちべつ》した。

普段から制服を着崩している彩音だが、さすがにこの日は暑すぎるのか、しきりに、手うちわで首元に風を送り込んでいる。ぱたぱたと捲る彩音のシャツの襟元から谷間がちらりちらりと目に映るものだから、海那は周囲の目がないか、内心ひやひやしていた。

三十二℃の夏のはじまり。海那と彩音は終業式を終え、夏休みを迎えた。

同級生たちはさっそく炎天下から逃げ、おそらくこの先一ヶ月の過ごし方について愉快な議論を始めたことだろう。

海那も彩音も、今後のことを議論しに来た。とりわけ、男性諸氏からの色目を向けられずに済むこの避難所の存在が二人にはありがたい。

「はやく作戦会議しよーよー。夏といえば絶好の転生日和だよ？　夏休みキッズのハートを射止めるベストな時期だ。はやくデビューしないと初動で負けるって！」

トレンドの申し子、霧谷《きりたに》彩音。彼女は気持ちの切り替えが早い。

こないだの引退配信で、ファンに向けた愛の告白と涙はなんだったのか。その目まぐるしい心の移り変わりが、彼女の愛嬌《あいきょう》の一つなのだが。

「カルゴさん、ここ最近は留守ばっかりなんだよね」海那が答える。

「合鍵あるんだし、入っちゃえばいいじゃん」

「それもそうなんだけど……」

海那はバッグに手を伸ばして合鍵をつまむが、申し訳なさそうに肩をすぼめている。

「鍵を渡したのはカルゴだろ？　つまり、いつでも入っていいってことだよ」

海那が自信さげにこくりと頷《うなず》く。

「あたしらみたいな激かわぎゃるが来りゃあ、カルゴも嬉《うれ》しいはずじゃん？　多分？　知らんけど。――ってなわけで！」

「あっ」

彩音はふんだくるように合鍵を奪い、業の部屋の鍵を開けた。

「アッチぃ〜。早く涼もっ」言って彩音は玄関へ駆け込み、靴を脱ぎ捨てる。「うっわ、中もあっつ！　エアコンエアコン！」

ピ。ピピピピ。強風設定にしたようだ。

海那も続こうとしたとき、玄関にまでそよぐ熱風を感じ、つい立ち止まった。

初めて押しかけた日のことが脳裏をよぎる。

業は一年前から変わっていなかった。外見はひどくやつれ、頭髪も真っ白になった。けれど、その瞳にはまだ乃亜の方舟が映っているように思う。

――乃亜ちゃんに会いたい。彼もそう吐き出していた。

海那にはそんな業の斑気なところが、いまも不安でたまらない。VTuberの炎上事件を追いかけることは彼にとって古傷をえぐる行為であるはずだ。いつかその執着が間違った方向に向かわないか、心配なのだ。

海那は彼に助けられた。それから彩音も。

「お、杏仁豆腐《あんにんどうふ》みっけ!」……あんな様子でも感謝していると思う。それ以前には、業のおかげで楽しく推し活ができたノア友も大勢いただろう。あのキャップンのように。

そろそろ業自身が救われる番だ。でも、どうやって?

悔しいけれど海那は世界規模の炎上を企てたり、関わりのないVTuberの良い点を洗いざらい記事にしたりする、そんな英気溢《あふ》れるパワーは持ち合わせていない。――そんな自分が易々《やすやす》とこの方舟に踏み込んでいいようには思えないのだ。

「なに突っ立ってんだ」

「へっ？」背中を押され、海那は玄関でたたらを踏む。

「わ……っとと」

「そんなところにいたら暑いだろ」

業が帰ってきた。想像の彼のことは心配になるのに、いざ本人を前にすると、どうしてかまた寄りかかりたくなってしまう。

「あぅ。そう、ですね。ははは……」

業は怪訝《けげん》な顔を海那に向け、淡々と靴を脱いだ。

玄関に続くキッチンにバッグを下ろして、中の様子に思わず目を剝《む》いた。

「おい……。それ……」

業は愕然《がくぜん》とした顔で、キッチンで白いデザートに舌鼓《したつづみ》を打つ彩音を見た。

「お。おかえりカルゴー。これ、あんがとな」

「おまえのじゃない！　その杏仁豆腐はおれのだっ」

「いいじゃん。例のブログで稼いでんだろー？　アレにはあたしも一枚噛《か》んでんだしよ」

彩音が言うのは『彩小路《あやのこうじ》ねいこ』に関する記事のことだ。

「稼いでも出費でトントン。こっちは毎日食費切り詰めて生活してんだからな」

「え〜？」彩音が不可解そうに目を細める。「荒羅斗《あらと》カザンって界隈《かいわい》じゃけっこうな有名人だと思うんだけど。ＰＶでアフィってんじゃないの？」

荒羅斗カザンの【燃えよ、ぶい！】は、とくに七月は盛況だった。

ベササノの炎上記事と彩小路ねいこ逆張り記事のおかげで、ブログの閲覧数もかなり増えた。それ以前から、業はブログの広告収入で家賃をまかなっている。

それで金欠は納得がいかないと、彩音は訝《いぶか》る顔で業をなじった。

「はっはーん？……さてはあんた、えっちなことに浪費してるな？」

「は？　なんだそりゃ」

「年頃の男の子なら普通でしょ。こんな美少女ＪＫ二人と毎日一緒にいたら、そりゃそっちの方も悶々《もんもん》としてんだろうさ？　にひひ」

彩音は悪戯《いたずら》な表情を浮かべ、空になった杏仁豆腐の容器を捨てた。

「そうねぇ。例えばあそこのベッドの下」彩音がリビングのベッドに目を向ける。「どうせ大量の薄い本で溢れかえって――」

「待て！　そこだけは許さん！」

業が即座にキッチンとリビングの間に回り込み、彩音の前に立ち塞がる。

「大したものは何もない！」

「慌てちゃって〜。かわいい」彩音がくすくすと笑う。

海那はそんな二人に水を差さない程度の横やりを飛ばすため、キッチンをまたぎ、猫のように業の足元に密着して正座する。

「ふぅ……。やっぱりここが落ち着く」

業は海那と彩音を交互に見比べ、邪魔そうに眉をしかめた。

「餌場を見つけた猫じゃあるまいし。あんたら暇か？　学校はどうしたんだ？」

「えっ、知らんの？　今日から夏休みだよん」

いえーい、とピースを送る彩音。

「なにぃ……」

業が足元の海那に目配せすると、海那は上目遣いで見返してきた。

「カルゴさんは本当に復学しないんですか？」

「復学、か」業は休学中の身。中退ルートに片足を突っ込んでいる。「いまの世の中、高校中退でも金を稼ぐ手段ならいくらでもある」

業はパソコンデスクを顎で指した。

「ぷくくっ、稼げてねぇって自分で言ってたじゃん」と彩音の追撃。

「うるせえ！　おれは推しへの課金で石油王の称号をほしいままにした男だぞ！　いまも毎日ブログで自活してんだ。なのにこのエアコンの強風設定！　節電チャレンジを妨害しやがってっ……うわぁぁ、おれの杏仁豆腐！」業は支離滅裂に叫んでエアコンを切る。

「げぇえ。殺す気かよ」

「おれがVTuberを燃やすだけの男だと思うか？　実はな、蒸し焼きも得意だ」

「エグぅ。性格悪いぞカルゴぉ」

「ふ、なんとでも言え。おれにはいまさら失うものなど何もないさ」

海那はどういうわけか業が怖ろしくなった。今日はいつにも増して破滅思考。

心なしか語気も荒い。海那は咄嗟《とっさ》に背後から業に抱きつく。

「開き直らないでください、カルゴさんっ」

「でかしたミーナ！」彩音が素早くリモコンを取り上げ、またスイッチを押す。

「くっ……」敗北を喫した業は力なく腰を落とす。抱きついたままの海那も一緒になって
カーペットに座り込んだ。そして耳元で囁《ささや》いた。

「無理して熱中症になったら大変です。心配で放っておけませんよ」

彩音はそれを見て「あぁーアツいアツい」と茶化すように手で扇《あお》いだ。

「つーか、なんでそんなに自暴自棄なんだよ。乃亜《のあ》ちゃんはもういないんだし、そのエネ
ルギーを自分のために使えば？」

彩音がさらりと言う。海那がずっと言えなかったことを。

業は冷静さを取り戻し、遠くを見るような目をした。

「おれにとって、乃亜は永遠の存在だ。たとえ、もう会えなくてもな……」

海那は複雑な表情を浮かべた。空気が重たくなったのを感じた彩音が、気を取り直して
「そうだ」と手を叩く。彩音はスマホの画面を素早く指で叩いてから見せる。

「乃亜ちゃんっていえばさ、カルゴはこの子知ってる？」

見せられたのはYouTubeのとあるチャンネル。——『Rikuyoku Ch.／六翼《りくよく》なこる』

VTuberだ。豪奢《ごうしゃ》な六つの翼を生やし、女子高生の制服を着た素朴な少女。長い黒髪を肩のあたりから二つに結い、腰まで細く真《ま》っ直《す》ぐ伸ばしている。

背中の大きなアコースティックギターが特徴的だ。

「六翼、なこる……」業がつぶやく。

「にひひ。声聞いてみ。驚くぞ」

彩音がトップページに表示された動画をタップした。すぐ音声が流れ始める。よくある自己紹介動画だ。『三分でわかる六翼なこる』とある。

「声、聞き覚えはない？」

「——乃亜ちゃん？」反応したのは海那《みな》の方だった。

顔を寄せ、小さな画面を業《ごう》と海那の二人で共有し、食い入るように見つめる。彩音《あやね》はス

マホを構えながら音量を最大にした。

六翼なこる。太古の昔、絶滅した天使の残留思念がバーチャル受肉して生まれた存在。仲間を失った彼女はたった一人で神の心を人間界へ伝えるため、音楽を通じて布教活動をしている、という設定だ。ファンネームは『なこファミリア』――略して『なこfam』と表記する。その世界観に合わせたように魂自身の声は、淀《よど》みのない澄み渡ったもの。界隈では鈴を転がすような美声と評判だった。――表向きでは。

一人称は「ぼく」。語尾は「だよ」「なのだよ」を多用し、ファンのことを「人間」と呼び捨てる。そんな達観した物言いが見事に天使らしさを増長し、器と魂の親和性の高さがファンを呼び集めた。大バズとは言わないまでも、デビュー初動から注目を集め、二ヶ月程度でチャンネル登録者十万人を達成している。

新人VTuberと扱われるこの短い期間に、この伸び方は羨望《せんぼう》の対象だろう。

ファン層は十代が多く、アイドルを札束で推す層とはまた別の界隈を形成していた。

とくに、歌い手界隈からの動線が太い。

得意な配信スタイルは弾き語りとバイノーラルマイクを使ったASMRなど。

老舗VTuberグループ【Girl.A.Mentoria《ガラメトリア》】――通称ガラメに所属し、なこるの他に五人のメンバーがいる。だが、いずれも天使という設定とは程遠く、六翼なこるだけファンタジックな雰囲気を醸《かも》し出していた。ここまでが表の情報――。

「巷《ちまた》では夢叶《むかなえ》乃亜の転生体って言われてんだよね～、この子」

そう。なこるの人気は乃亜のネームバリューが下支えしていた。

検証動画はすでにいくつも投稿されている。匿名掲示板の専用スレッドでは、乃亜との関連性がことあるごとに指摘され、転生疑惑は濃厚。

やれ、『太古の昔』とはノアの方舟《はこぶね》の時代を指しているのではないか。やれ、『絶滅した天使の残留思念』という設定も炎上して消えたVTuberの無念と解釈できる、など。

そういった匂わせは初動の伸びを狙う運営の策略だと反論する者もいた。

「……」

三分の自己紹介動画が終わるも、業は黙って見つめたままだ。

声はそっくりだ。しかし、口調やキャラクターは乃亜と似ても似つかない。

海那は、六翼なこるより業の様子が気になった。

たとえ転生した姿だとしても、業は乃亜に会いたいだろうか？　この予期せぬ魂の登場を業は歓迎しているだろうか？　なこるの登場は彼の心を救うのだろうか？

「なこるのことなら知ってるさ」

業はしれっと言う。そして、興味を逸したように目を瞑《つぶ》った。

「……知ってたんですか？」海那が不安げに訊《たず》ねる。

「おれを誰だと思っている？　VTuber界でまことしやかに囁かれていることは、あらかた把握している」

「そうですか……。わたしは初めて聞きました」

「言う必要もないと思ってな。というか、こっちはミーナが知らなかったことにびっくりだがな。こないだ、V祭の出演も発表されてたぞ」

「V祭って……あの大型ライブイベントの？」

毎年八月下旬に催されるVTuber謝肉祭——略して【V祭】。

業界人気のVTuberが集い、ライブパフォーマンスを繰り広げるリアルイベントだ。

普段絡《から》みのないVTuberのコラボライブも拝める貴重な機会であり、いまやVTuber界を盛り上げる三大祭典の一つになっている。ガラメトリア運営も、六翼なこるという新進気鋭のVSingerを推し上げる準備に余念がない、というわけだ。

海那は目を瞬《しばた》かせ、業の情報収集について深読みしはじめていた。

「なーんだ知ってたかぁ。とびきりのネタだと思ったのによ～」

彩音はつまらなそうに舌打ちし、スマホを引っ込めた。そこで業はパソコンデスクに向かい、PCを立ち上げた。

「彩音が見たのはこれだろ？」

業は手早くブラウジングして、とある記事を開いた。よくあるゴシップ記事だ。

VTuberの前世や中の人について考察された、なこえるの前世についてそこに書かれてたんだな。ちぇっ」

「あぁそれそれっ！　なこえるの前世についてそこに書かれててさ。……つか、いまちょっと調べたら、いろんなとこで騒がれてんだな。ちぇっ」

なんだ周知のネタかよ、と彩音は口を尖《とが》らせた。

なこえる。——六翼なこるは彼女を信望するファンからそう呼ばれる。

三大天使の語感に寄せたのだろう。それが配信タイトルにも反映されるなど、本人も気に入っているようだ。配信の挨拶もすっかり「こんえる」が主流だ。

「くだらない。どうせ赤の他人だ」

「どうしてそう言い切れるんですか？」

「おれだからな」迷いなく業は答えた。

海那が首を傾《かし》げるのを見て、業は捲《まく》し立てるように続ける。

「声が似てるだけなら山ほどいるさ。おれは夢叶乃亜を、彼女の活動期間一年、余すことなく摂取し続けた。そのおれがこの女は乃亜じゃないと思うなら乃亜じゃない。こんなものでノア友を騙《だま》せると思ったら大間違いだよ」

まるで六翼なこるのことは皆目一つも認めない、とばかりに業は唾棄した。

「おっと、もうこんな時間か……」

業が壁時計を見上げる。時刻は午後二時過ぎ。

「え、もう出かけるんですか？　さっき帰ってきたばかりなのに」

「言っただろう。節電だ」

「あたしらがいたら同じじゃん」彩音は相変わらず直風が当たるベッドで寛《くつろ》いでいる。

「そうだ。だから早いうちに帰ってくれ」

「はぁ〜？」

業は二人を睥睨《へいげい》したあと、踵《きびす》を返してまたバッグを拾い上げて出て行った。汗を吸ったシャツを着替えるでもなく、なぜ帰ってきたのかは謎のまま。

その慌ただしさに白んだ目を向ける海那。……怪しい。

「どう思う？　彩音」

「あれはなにか隠してますな〜、にひひ」どこか彩音は楽しそうだ。

「やっぱり？　節電なんて言い出したの初めてだよね。そもそも、それならなんで帰ってきたんだろう？　わたしたちが夏休みに入ったのも知らなかったみたいだし、電気代が気になって帰ってきたわけでもなさそう……。まさか杏仁豆腐《あんにんどうふ》を食べに戻っただけ……？

いやいや」

「旦那の動向が気になりますかい、奥さん」

「ちが。……もう、からかわないでよっ」

海那は赤面しながら彩音の投げ出された足をぽかぽかと叩《たた》いた。

「でもさ、真面目な話、カルゴにしてはなこえるへの反応は妙だったな」

「あーね。彩音も思った？」

「うむ。あいつ、基本的にVTuberのこと否定しなくね？　ねいこのときも、あんなに滅《め》茶苦茶《ちゃくちゃ》してたのに、最後はちゃんと応援してくれたでしょ」

照れくさそうに頬をかく彩音。海那は「確かに」と相槌《あいづち》を打つ。

「だけど、なこえるのことは……なんてーか、ヘイト向けてた」

「……」海那は動揺した。業がなこるに向ける感情はどんなものだろう。

「もしカルゴがなこえるのこと嫌いなら……。うん。こりゃヤバいかもしれん」

「なに？　どうしたの？」

海那はすがるように彩音を見上げた。彩音の派手なスマホが再び向けられる。

「なこえる、いまプチ炎上中。あ、本人のやらかしじゃなくてファン——なこファミリアのトラブルみたいだけど」

「炎上……」その二文字が、海那の背筋をひやりとさせた。

「これ。ちょうどなこえるでTwitter検索してたら引っかかったんだ。何人かのファンがお気持ちしてる」

海那も急いで調べてみた。Twitterのまとめ――Togetterも随時更新され、時系列に沿って知ることができた。

【Togetter】

六翼なこるさんのファンの方々が詐欺にあった模様。
これからもこういったことは頻発するでしょう。自衛大事。
（悲劇のはじまり）

□舞杏《まいあ》🎸練習中　@mya5595
＃よふえる　なこえる十万人達成おめでとう！
しかももうV祭とかこんな大型新人おる？？？？？
2022-07-07 22:01:32

□タコンブ　@ningenman

@mya5595　爆速で金盾いきそうですよね
2022-07-07 22:03:38

□舞杏🎸練習中　@nya5595
@ningenman　ですねｗ　でも、なこえるは盾よりライブ出演のが嬉《うれ》しそうｗ
2022-07-07 22:15:50

□タコンブ　@ningenman
@mya5595　確かに。出演祝いに何か贈りたいな
2022-07-07 22:20:46

□いのっす💥🅱🍓🌴💉🔁ラー民なこfam　@fn2mSkevo1yoP4
@mya5595 @ningenman　なこfam一同で贈っちゃう、というのは？
2022-07-07 23:00:18

□舞杏🎸練習中　@nya5595
@ningenman @fn2mSkevo1yoP4　それだ
2022-07-08 00:21:17

□ぺぺん@なこfam🦐　@ppn227
えー、なこfamのみなさま！　Ｖ祭に盛大なフラスタを贈りませんか？　という話が

上がっております。……が、申し訳ないですが、自分こういった企画初めてでどなたか協力していただける方を探してまーす。リプください。＃六翼《りくよく》なこる　＃なこfam

2022-07-08 07:01:59

（問題のアカウント登場　※当該アカウントは削除されています）

□死神　@wEf5mwelvatpe4t

@ppn227　こんばんは。フラスタの件、お困りなら自分が引き受けます。

2022-07-11 21:04:33

□ぺぺん@なこfam🐿　@ppn227

@wEf5mwelvatpe4t　いいんですか？

2022-07-11 21:20:58

□死神　@wEf5mwelvatpe4t

@ppn227　こういうことには慣れてますので。ついぷら立てます。以降はDMで。

2022-07-11 21:21:45

（そして……）

□舞杏🎸練習中　@mya5595

ありえん。本気で萎えた。

ちょっとしばらくなこえる見れんわ
2022-07-19 18:44:23

□ゲンゴロウ太@なこfam　@genzo1130
人間として終わってる。人の応援しようという気持ちをよく食い物にできるな。一気にアホらしくなった。運営もなんも反応しとらんし。そういや五月に買った傘カバーもまだ届かない。もう梅雨明けたじゃん。運営やる気あんのかな。あー虚無……。
2022-07-19 20:10:04

□タコンブ　@ningenman
なこるんこれきっかけに病み始めたらどうしよう………。
最悪活動休止とかしたら……。そんなのやだ(>_<)
2022-07-20 01:55:46

(各所からの反応)

□桃の節句S　@yaritainen7
>rt　明《あき》らかに怪しいだろ。逃亡した奴《やつ》の垢《あか》も今月作成だったらしいし、ファンの間でどんなやりとりしたか知らんが簡単に人信じすぎw　そんなことに金ドブするならWebercityで自己投資した方がいい。資格は裏切らないゾ!

□よさこ　@yosako_byzforever　2022-07-20 09:01:40

>rt　バチャ豚、カモられて発狂

2022-07-20 12:41:30

□れすと　@RS4662tomo

@yosako_bz　誰だって似たような被害に遭う可能性はありますよね。バチャ豚とか関係なく。例えばあなたが推しの男性アイドルの誕プレ企画が挙がってても、絶対お金払わないと言えますか？　箱の大小は関係ないです。

2022-07-20 13:51:11

（前世に言及する人も）

□アイビーノート　@ib_note

ジェネリック乃亜《のあ》……おまえも炎上するのか……？

2022-07-20 15:03:22

□サリチル燦《さん》😊ノア友🌸🍬つ組　@sarichill3

なこえるの件でまた乃亜ちゃんトレンド入りしてるのマジ無理なんだけど。なんで推しの過去掘り起こそうとする人がいるのかな。思い出すだけつら

2022-07-20 15:25:34

□西園爺《さいえんじい》　@SaienG

ノアの方舟《はこぶね》の呪い

2022-07-20 17:44:57

VTuber界隈《かいわい》においても、推しのライブとなるとフラワースタンド——略してフラスタを贈る慣習がある。ネット上の集金方法として電子決済が主流となった昨今、問題が起きたのは、フラスタの制作費用を徴収するときだ。

VTuberに贈るフラスタにはファンアートを添えたり、推しを象徴するぬいぐるみなどを盛ることで、推しへの愛を強調する。その分、費用や準備期間を要するが、集金後の大事な時期に〝死神〟は颯爽《さっそう》とアカウントを削除。

業者にちゃんとフラスタを発注したかどうかもわからぬまま、高飛びした。

なこファミリアは「詐欺に遭った」と嘆きのツイートを繰り返している。それを後から知った別界隈の人にまで話題が飛んでいた。

「カルゴさんがブログに取り上げそうなネタだね」

「それな。……これさ、カルゴが犯人だったりしないよね？」

「え、本気で言ってる？」

「あたしも信じたくないが」彩音《あやね》が神妙な顔になる。「さっき帰ってきたのは、このタイミングで記事にする気だったとか？」

彩音は巻き髪を人差し指に絡《から》めて目を泳がせている。

海那《みな》は首をひねる。真相は不明だが、これは乃亜の魂にも関連した事件だ。

「記事にしようと帰ってきたタイミングであたしらが部屋にいて、びっくりしたんだよ。まさかこんな平日の昼間に！――ってね。異様にイライラしてたし、稼ぎのことも辻褄《つじつま》の合わないことを言ってたしな。金欠だとか、稼いでるだとか」

彩音の頭ではもう悪い妄想が止まらないらしい。

「それならカルゴの行動にも筋が通る。自演で記事を書くつもりだったのに、あたしらがいてできなかったんだよ。そんで、さっきは後ろめたさで逃げた」

「まさか。カルゴさんはそんなことしないよ」

「だといいんだけどさぁ」彩音も半信半疑だ。「あたしよりミーナのほうが珍獣カルゴの生態に詳しいでしょ。あいつはVTuber炎上のプロだ。本人が炎上しなくても、わざと炎上を引き起こす力もある。鏡《かがみ》モアのときみたいに」

はっとする海那。鏡モアの炎上ではベササノのヘイトスピーチを導火線にした。

六翼なこるの件も同じだとしたら？　もし運営に手も足も出ない場合、その導火線の矛先をファンに向ける、というやり口もありえなくもない。

それでも海那は業《ごう》を信じたい。

「いや～……彩音の考えすぎだよ。カルゴさんにかぎって、そんなことしない」

「でも、Twitter のアカウント」

彩音が手元に目配せして言う。海那は眉根を寄せた。「なに？」

「削除された主犯のアカ名……〝死神〟じゃん」

4

ジェネリック乃亜。その文字列が心に重くのしかかった。

せめて絶滅天使にちなんで、ジェノサイド乃亜だったらどうだろう。中学生の心をくすぐれただろうか。あるいはGジェネ乃亜。リジェネ乃亜……。いっそのこと、ジャスティン乃亜なんて響きもありだ。パイナポーペンのように、あやかれたかもしれない。

こんなふうに脳内会議はとめどなく進むのに、電車の窓に映る自分は、夕焼けに照らされてもなお暗い表情を浮かべていた。

揺り籠のように心安らぐ電車という乗り物が、菜子《なこ》は好きだった。

次の停車駅は二子玉川。高い架線から見下ろす多摩川の景色はいつも変わらない。動くことを是とし、立ち止まることを非とする現代社会でこれほど気楽な乗り物もない。

世間は六翼なこるをきっかけに好き放題な主張をネットの海に垂れ流している。

けれど誰も六翼なこるには興味がない。その魂である自分自身にも――。

「あ……」菜子はふと、車窓を指でなぞる。

夕方の土砂降りの雨が突然止《や》み、雲間から光のカーテンを多摩川に垂らしていた。菜子はそんな天の導きに心奪われ、目を見開いた。あの光は何かの啓示に違いない。

――鍵尾《かぎお》菜子。それが本名。

一年と四ヶ月前に大学を卒業した。

最初に採用されたからという理由で入社した会社は長続きせず、退屈ですぐ辞めた。

親には怒られた。それから生産性のない日々を数ヶ月送るうち、菜子の頭の中は大学で夢中になったバンド活動の誘惑で満ち溢《あふ》れていた。

いずれ楽器を手に音楽活動で一旗あげたい。そんな無謀な考えが湧いた。

歌声には自信がある。バンドではギターとボーカルを務めたが、都内の私大というそこそこの箱を誇る学祭で、なかなかに盛況だったのだ。その頃はカバー曲ばかり弾いたり歌ったりしていたが、隠さずに言えば、菜子は自己表現がしたいと思っていた。

昔から絵を描いたり、小説を書いたり、といった創作活動が好きだ。現実を忘れ、別の世界に入り浸る甘美な時間は、これ以上ない幸福をもたらすことを菜子は知っている。最近、その舞台としてVTuberを選んだことが正しかったかどうか、いよいよ自信がなくなっていた。

二子玉川を出て渋谷へ向かう電車の車窓は、とたんに闇しか映さなくなった。田園都市線の地上と地下の境目。この路線は、ここから先は闇の世界だと暗示する。暗転した車窓は、そのまま鏡となって自己を映し出す。

これが現実のおまえ。――そう突きつける闇の世界トーキョーの始まりだ。

三ヶ月前、覚悟のために思いきってウルフカットにしたが、思いの外、似合っていた。愛嬌《あいきょう》のない落ちくぼんだ目は不審者のようで評判は悪いだろうが、VTuberとしては幸いにも関係ない。それを言えば髪型もだが。

このウルフカットは己を鼓舞するおまじない。菜子は一匹狼《いっぴきおおかみ》。他者と馴《な》れ合わず、自分の世界観のみで育った。そんな菜子が社会で生き抜く方法はただ一つ。

この世界観を他人に見せつけ、わからせること。自己表現を通じて。

だから今日こそ堂々と、運営に言ってやれ――。

◇

「はぁ……」頭を抱える菜子。

渋谷にある事務所からのとんぼ返り。

最近は事務所へ相談に行っても、いつも徒労に終わる。事務所には、夢叶乃亜《むかなえ》の魂を匂わせることはもうやめろ、と伝えるために出向いた。

VTuberのことは自己表現がしたくて始めたはずじゃなかったか。それが、デビュー開始とともに、引退したVTuberとの関連を指摘され、人気になった。……なってしまった。

それについて、もう何度もプロデューサーの寺井仁《てらいひとし》、マネージャーの米良虹子《めらこうこ》に相談した。けれど運営の彼らは結論こう言う。

「人気ならいいじゃないか」

老舗VTuberグループのガラメトリアは、すっかり拝金主義に染まっていた。

見ているのは数字と人気だけ。

いまの六翼《りくよく》なこるは、そう望む者には都合のいい〝夢叶乃亜〟の後釜だ。

異名、ジェネリック乃亜。ジェノサイドでもジャスティンでもない。六翼なこるの文字列とは関係のないあだ名。……いや〝リ〟と〝ク〟だけはあるか。そのたった二文字。

あの天使は、菜子の自己表現だ。それなのに二文字。

VTuberが魂個人のものではないことはわかっている。研修で散々言われた。

けれど、それなら自分はいったいなんなのだろう。ファンの杞憂《きゆう》民が言うように、もし六翼なこるが活動休止に追い込まれたら、魂である鍵尾菜子には何が残る?

――ジェネリック乃亜も死んだ、と呟《つぶや》かれて終わりだ。

やっぱりジェネリックも駄目だったか、と。それならジェネリックがジェノサイドしてリジェネのジャスティンをジェネレートだ。

もはや思考回路がショートしかけている。

田園都市線に駆け込み、一刻も早く闇の世界から抜け出ることを祈る。

だが、もう日は沈んでいて世界はどこまでも闇だ。仕方がないので首を垂らし、寝たふりをする。まとわりついた悪寒《おかん》が離れてはくれず、ひどく気分が悪かった。

揺れる。電車が揺れる。自動操縦の四角い舟が大きく揺れる。

乃亜の影がつきまとう六翼なこるは、菜子の想《おも》いを乗せる器になれそうもない。

言うなれば、自動操縦の乗り物。それも電車のような快適なものじゃない。人の意見に左右され、荒波に揉《も》まれて揺れる不快な舟。まさに――。

〝ノアの方舟の呪い〟

その文字列を思い出す。

そんなに似ているのか？　本当に似ているのか？

菜子は宿敵の乃亜《のあ》を、なに一つ知らなかった。

彼を知り己を知れば百戦殆《あやう》からず。乃亜に詳しい人から話を聞きたい。気づけば菜子はスマホで捜し始めていた。いまやＳＮＳは、赤の他人の電話帳のようなものだ。

「あ、この人？」そして、とある名前を知った。「カルゴ……か」

一年前からアカウントは稼働《かどう》していない。推しの卒業とともに消えたのか。ヘッダーには、照明が差し込むライブ会場の写真が設定されている。

悩んだ末、菜子はプロフィールからＤＭボタンをタップした。

菜子は行動力の化身だった。

「……っ」刹那、ざわりと突然の悪寒が押し寄せる。強烈な視線。

菜子は首をやおら動かし、電車内の両側を目視した。

悪寒は、家に着くまで張りついたままだった。

5

夏休みが始まって五日が経《た》った。

海那は、業の部屋の隅という定位置でクッションを抱え、ベッドの縁を背もたれ代わりにして座っていた。イヤホンを装着し、スマートフォンで最近流行《はや》りの歌ってみた動画を予習する。一方で、パソコンに向かう業の背をつい何度も見てしまう。

業はキーボードを弾き、忙《せわ》しなく文字を打ち込んでいた。

いつもの光景だ。同じ空間にいても互いに干渉しないこんな時間が海那は好きだ。

けれども、自分もこの余暇に勇気を振り絞り、一歩踏み込んだことがしたい。

業から感じる並々ならぬ感情の正体も明らかにしたかった。海那は淡い金髪の毛先をいじったり、それを耳にかけたり、指の所在に迷って意識は現実から抜け落ちていた。

業に声をかけてみようか。——どこかお出かけしませんか？　と。

海那はちらりと窓を見る。外はもう薄暗い。蟬《せみ》の鳴き声はいまだうるさいのに。

たとえば、そんな夏の風物詩を楽しみながら、夕食を食べに行くのはどうだろう。業も気分転換できるのでは……。

幸い、海那《みな》の母は娘の異性交友について良くも悪くも応援はしてくれている。

三十年前の英国はパーティーブーム真《ま》っ只中《ただなか》の自由な時代で、その当時にいまの海那と同じ歳《とし》だった母親も、地元オクステッドで連日連夜行われたホームパーティーやストリートパーティーへ頻繁に参加していた。

母は美人と評判で、シックスフォームのプロムでも注目の的だったそうだ。

そういえば、YouTube の作業用ＢＧＭとしてよく配信される Lofi チルは、あの時代のＤＩＹ精神から生まれた電子音楽だ。ＳＮＳ中毒の業には、そんなゆったりとした癒やしの音楽が必要かもしれない、と海那は思案した。

それなら腕を振るい、手作り料理と〝チル〟で穏やかなひとときでも――。

意を決して立ち上がる海那。

「それです！　チルしましょう！」

ぱっと拳を振り上げた海那に業は横目だけ向け、すぐまたパソコン作業に戻った。

海那はめげずに台所へ向かい、冷蔵庫から手頃な野菜を取り出す。

大量のじゃがいも。先日買い込んだ安売り品だ。幸運にも肉とタマネギもある。さすがにしらたきは不在だが、これなら肉じゃががかろうじて作れる。

スマホで Lofi チル／hiphop をかけ、包丁で手際《てぎわ》よく食材の下準備にかかる。

フンフンフーン。思わず鼻歌も口ずさむ。人目を避けるためにインドア街道をきわめた海那は、手料理もお手のもの。

業《ごう》が料理を美味《おい》しそうに頬張る姿を想像し、自然と顔もにやけた。

「できました〜っ」

ものの三十分でつくった肉じゃがだが、みりんの輝きをまとった肉とじゃがいもは、秘境から掘り起こされた金塊に見えなくもない。納得の出来栄《できば》えだ。

「カルゴさん、一緒に肉じゃが食べながらチルしませんか？」

海那は金塊を抱え、部屋を覗《のぞ》き込む。

業は片眉を吊り上げて言う。「チル？　なんだそれは」

「チルって言いません？　〝それチルい〜〟とか」

「勝手に変な日本語をつくるな」

「いえ言いますって！　ＣＭでも流れてましたよ」

「この部屋にテレビがあるように見えるか？」

「ネットの広告でも——」

「陽キャのレコメンドにしか出ないやつだな。生憎《あいにく》、おれは対象外だ」

やっぱりどこか気が立っている、と海那は感じた。

海那の顔色の変化に気づいたのか、業もばつが悪くなって態度をあらためる。

「……あぁいや、すまん。肉じゃがは嫌いじゃない。ちょうど腹も空いたところだ」業は席を立つと、ふと壁時計に目を留めた。短針が八時を指している。

「なにか？」

「とあるVTuberの配信がはじまる」

「えっ」海那は目を丸くさせた。ただのVTuber好きが言うなら別だが、業が言うと剣呑《けんのん》な雰囲気が漂う。彼は荒羅斗《あらら と》カザンなのだから。「……わたし、席を外した方が？」

言って海那は後悔した。【燃えよ、ぶい！】で次のターゲットになっているVTuberを共有できれば、二人の間を隔てる何かを取り払えるかもしれないのに。

ところが、業は思いがけない提案をした。

「一緒に見るか？」

「……！」海那の瞳が、金塊を超える輝きを放つ。「見ます」

軽やかにリビングに戻り、モニターの角度を調整する業にぴたっと引っつく海那。

「……なんか距離が近いな」

「そうですか？」

業の肩が強張《こわば》るのを肌に感じ、海那はそんなふうに自分の存在について意識されたことが嬉《うれ》しくてたまらなかった。だが、当の配信画面を見て現実に引き戻される。

「……なこえる、ですか」

「六翼なこるだ。今夜も弾き語りのショートライブらしい」

「今夜〝も〟……？」

「彼女は弾き語りが多いからな」業は平然と言う。

彼は、この乃亜によく似た声のVTuberを、どんな気分で観《み》ようというのだろう。海那はこの手でつくりあげた金塊を盗《と》られた気分になった。

配信がはじまり、ローディング画面が繰り返される。デフォルメされた六翼の天使がぱたぱたと羽ばたき、途中で転び、また起き上がって羽ばたく。そんな背景だ。

チャット欄は「待機」の列ができていく。

まるで先週の詐欺事件なんてなかったとばかりに、ファンの様子も変わらない。

ただ、やけにローディングが長かった。開演予定時刻から十分も経ってようやく画面が切り替わり、急に前奏がはじまる。
○きた！
○ざわ……ざわ……
○こんえるー
○待ってたあああああ

○初見です
○【¥1220　銀盾&V祭出演決定おめでとうございます！　なこえるを知ったきっかけは七夕の星空リサイタルのときでした！　それから歌声に惹《ひ》かれて応援してます！今日のライブも楽しみ！】
○おまえら偽物《にせもの》のライブなんてよく見れるな

　イントロで開演に気づいたファンが思い思いの嬌声《きょうせい》を放つ。

　海那は配信に集中できなかった。隣にいる業が気難しい表情を浮かべ、獰猛《どうもう》な眼差《まなざ》しを向けているからだ。楽しんでいるようにはとても見えない。

　これほど鬱憤を抱え、むっつりと配信を観るリスナーがほかにいるだろうか？

　業の態度とは裏腹になこるの美声がスピーカーから流れ始めた。

　とあるボカロ曲の前奏だ。曲調は遅め。評判通りのゆるふわムーブ。その期待に応えるように、情緒を揺さぶる哀愁に満ちた選曲だった。なこるが歌い終わるまで、合いの手よろしく『ハート』『音符』『天使』の絵文字が羅列される。

　しっとりとした最初の曲が終わり、六翼《りくよく》なこるが登場した。

『はい。皆の者、ごきげんうるわしゅう～。ガラメトリア所属、絶滅天使の思念体、六翼なこるだよ。今宵《こよい》の弾き語りライブ【ギタエル@ショートバージョン】のはじまりはじまり～。というわけで、このライブはぼくと相棒のギタエルでお送りするよ』

○うおおおおおお

○888888888888

○開幕からエモい

○【¥3000　チケット代】

○ふるえたわ

○仕事の疲れが癒える

○ほんと歌うまくなったよね

○ガラメの歌姫枠は伊達《だて》じゃないな

同接は開始直後から三千人超え。

開始のおしらせもツイートされたばかりで、少し経てば、まだ増えるだろう。

歌声もトークも、その口調は違えどやはり乃亜に似ている。海那もそんな配信風景を固唾《の》を呑んで見守った。横目に業の反応を気にしながら——。

『人間界は夏真っ盛りか～。もういくつ寝ると八月だなぁ。夏を楽しんでるか～?』

○楽しいのはまさに今日

○実家から見てます

○なこるんも体調に気をつけて！

『ん。人間界には八月に〝お盆〟という風習があるそうだな？　天使的豆知識によると、お盆とは先祖の霊魂が現世に戻ってくる、そんな素敵な四日間なんだとか。ぼくもこないだ、ぼーっと川を眺めていたら、雲の隙間から天使のはしごが見えた。――天使のはしごって知ってるかい？』

○いいですね～

○別名：神の光（ゴッド・レイ）

『そのとき天界が懐《なつ》かしくなって、つい感傷的な気分になってしまったのだ。死んだ仲間達もこの季節になると、ぼくを見に来ているのかなー、とね』

○死んだ仲間？

○第二第三のなこえるが……？

○なんで天使すぐしんでしまうん？

○新メンバー確定演出

○〝天使のはしご〟ともよばれる薄明光線はチンダル現象の一つで、塵《ちり》などの粒子が光を分散させることで斜めに差し込むような光に見える現象

○ウィキペさんおるやん

○「懐かしくなって」↑匂わせ?
○天界系新人VTuber加入の伏線では?
○現世に戻ってくる（あっ察し）死んだ仲間達（あっあっ）
○仲間の天使がなこえるの活動を見守ってくれてたら素敵ですね
○前世の死のこと自分から言うなよ

なこファミリアのコメントに紛れ、確実に別の勢力の影が増えていた。

海那は不穏な気配を感じ、つい業の腕をつまむ。彼はなにが気に食わないのか、画面の天使に向かっていつまでも睥睨《へいげい》を続けていた。

『……』はたと、なこるのMCが止まる。そして、こくっと喉が嚥下《えんか》する音。

以降、無音な時間が続いた。弾き語りライブのため、配信BGMもなく、やけに静かだ。

リスナーもワンテンポ遅い反応をぱらぱらと繰り返したが、次第に異変を悟る。

○今年はお墓参りいこうかなぁ
○ん?
○どうした?
○先祖の霊魂……いったい何叶乃亜《なにかなえのあ》さんなんだ……
○止まった?

○あ、自分だけじゃないのか
○乃亜をロードしてるんじゃね？
○※お使いのPCは正常です
○画面のなこえるは動いてるよね？
○他のVの名前出すな。マナー違反だろ

次第に荒れ出すチャット欄。

Live2Dはその設定によってトラッキングが作動せずとも、体を絶えず上下に動くようにできる。そんな自然体を装《よそお》う設定が、彼女が喋《しゃべ》らないと逆に不自然さを際立《きわだ》たせる。

○接続の問題じゃない？
○ミュートになってますよ
○天界に連れ戻されたんや
○おまえ……消えるのか……？

三千人のリスナーが放送事故に気づいた。熱心にコメントを送っていたファミリアの阿《あ》鼻叫喚《びきょうかん》な姿は、母を求める赤子のそれだ。

「どうしたんでしょう……？」海那《みな》が言った。

「よく見ろ。微妙に顔の角度が変わっている。魂はそこにいる」

「ミュートにしたんでしょうか」

「いや」業《ごう》は目を細め、成り行きを見守る。そのまま業も黙ってしまったので、海那はじれったくなった。

なこるが口を閉ざしてから八分ほどが経過した。

痺《しび》れを切らしたリスナーから去っていく。一気に同接は二千人を割った。

そこでようやく小さな口が開き、目にも動きがある。

『ごめんね』それだけ言うと、なこるは何事もなかったようにライブを続けた。『それでは次で、最後の曲だよ』

○は？　最後？
○おかえる～
○どうしたどうした
○What's up?
○ちょっと待てｗｗｗさすがにショートすぎるｗ
○セトリ二曲（ドン！）
○草
○nope...is it really over yet?

○これが大天使なこえる様やで

『それではregretさんの【エンドロール・スタビライザー】――歌うね』

国内外から殺到するツッコミを無視し、六翼なこるはギターを弾き始めた。

彼女が自慢とする歌声が披露される。嗄《かす》れた声を誤魔化すような絶唱で。

歌い終わるとスパチャのお礼もおざなりに、いつもは徹底していた感想ツイートの依頼も忘れ、逃げるように配信を閉じた。よく飼い慣らされたリスナーは平静を装って「おつえる～」とさよならを告げたが、半数以上はくだを巻くように荒れた。

「なるほどな」業がうんざりとした態度で長く息を吐き出す。

「なるほど？　なるほどって何ですか？」

海那はいらいらして、気づけば肉じゃがのほとんどを一人で平らげていた。

「六翼なこるの正体がわかった」

「それって乃亜ちゃんの転生先とかいう噂《うわさ》のことですか？」

「それは前にも否定しただろう」

信じてなかったのか、と業は不満げに言う。

「言うまでもなく彼女は夢叶《むかなえ》乃亜じゃない。おれが言いたいのは、なこるがどうして乃亜の代役になろうとしているのかってことだ」

「……？」海那は戸惑い、とっくに終了している配信を一瞥《いちべつ》する。いま行われた、実に奇妙なライブのどこに〝乃亜〟を感じたのだろう。

海那は訝《いぶか》る目を業に向け、一年前のことを思い出す。

乃亜の配信スタイルはリスナーに元気と笑顔を届けるような、底抜けに明るいものだった。一方のなこるの配信は癒やし重視の落ち着いた雰囲気が売りだ。

二人の共通項は声だけ。転生だと騒ぐリスナーもそこに着目しているが、なこる本人が乃亜の代役になろうとしているなどとは誰も思っていない。

「あの……カルゴさんには、なこえるが乃亜ちゃんになろうとしているように見えて、それを良く思ってないってことですか……？」

海那は配信視聴中の業の態度を思い出していた。

「ああ。彼女は夢叶乃亜になるべきじゃない」

「誰もそんな風に思ってないですよ。たぶん、なこえる本人も」

「さぁ、そいつはどうかな」

業はPC版のYouTubeアプリを閉じると、Twitterのデスクトップアプリを起動した。

荒羅斗《あららと》カザンのタイムラインが表示される。ショルダーハッキングの隙を見せる業の甘さにほっとしつつ、何を見せてくれるのかとどきどきしていた。業は自アイコンをタップしてからアカウントを切り替えた。〝カルゴ@乃亜推し〟――一年前に死んだ彼だ。

「それ……」

海那の困惑をよそにマウスを動かす手は止まらない。

ダイレクトメッセージを開くと、六翼《りくよく》なこるからメッセージが届いていた。業の肩に寄りかかり、海那はメッセージを覗《のぞ》き込む。


【こんばんは。突然すみません。

私はガラメトリア所属の六翼なこると申します。

あ、ちなみに中の人本人です。運営スタッフではありません。

夢叶乃亜さんのことが気になって調べていたところ、あなたを見つけました。

ネットで乃亜さんについて調べても、去年の炎上のことばかり検索にかかってしまい、それ以前にどんな活動をしていたのか、どういう点が人気だったのか、YouTubeやインスタグラム、PixivFANBOXまで閉鎖されていて情報に辿《たど》り着くことができません。

よければ、お話をうかがえませんか？

もし見ていたら、お返事をいただけると幸いです。】

荒羅斗カザンではなく、乃亜推しカルゴ宛てのメッセージ。

海那はこっそり業が返信済みかどうかチェックした。下に続くメッセージはない。

業は肩をすくめ、海那の反応を仰《あお》ぐ。

「本当に本人ですか、これ……？」

「ああ」

海那は混乱して言葉に詰まる。なこるがカルゴに接触を試みたことも驚きだが、文面を見るかぎり、なこるが乃亜について調べていることは明白だった。

業は怜悧《れいり》な目を向け、海那に言う。

「ミーナ。ちょっと頼まれてくれないか」

「はい？」顔を見合って一瞬の間。「……あ、わたしがなこえるとお話を？」

「そうだ」

「な、なんでわたしなんですか！　カルゴさんに連絡が来てるんですよ！」

腕をぱたぱたと振り乱して異議を申し立てる海那。業は人差し指を突き立て、その動きをぴたりと止めさせる。

「あんたもノア友だった」

「まぁそうですけどっ。そうですけどっ……！」

海那はこの期《ご》に及んで拒む自分がばかばかしくなった。

業がなこると繋《つな》がるのは個人的に嫌だ。それは業も同じ考えだったようで。

「おれはVじゃない。ミーナは元VTuberだし、繋がっても問題視されないだろう。……にしてもこの女、一般人に平気で連絡するなんてな」

やれやれと前髪を払う業。やはり、その言葉にはどこか棘《とげ》がある。

「なこえるのこと、カルゴさんはどうするつもりですか……?」

「ミーナの報告次第だ」

海那はさっと血の気が引くのを感じた。

まさか、業はなこるのことまで燃やすつもりだろうか。

業はこれまでVTuberを救うための炎上を企てては、悉《ことごと》く成功させてきた。けれど、所詮それらは結果論だ。彼の本性はひょっとすると——。

海那は慌てて首を振り、悪い想像を打ち消す。

業は淡々と、かつての自分に蓋するようにTwitterのアカウントを〝荒羅斗カザン〟に切り替えた。海那はそれを見て言う。

「……わかりました。わたし、なこえると話してきます」

6

海那がDiscordから六翼なこるに通話をかけると、相手が女子高生と知った菜子《なこ》はすっかり気を許し、直接会って話さないかと提案してきた。

悩んだ結果、彩音《あやね》も同席させたいという条件を提示したところ、菜子も快く承諾した。気前よく、近場のカフェで好きなものも奢《おご》ってくれるという。

海那はもう会う前から菜子に好印象を抱いていた。

原宿駅西口を出てから、やけにハイテンションな会話を炸裂《さくれつ》させる彩音。それで気を紛らわせつつも、海那はこの後のことで気を揉《も》んでいた。

相手は、人気うなぎ登りのVTuber六翼なこるの魂。——大物である。

業界大手とも名高い老舗ガラメトリアの一人に、夢叶乃亜《のあ》についてどんな話をすれば相手は満足するだろうかと気が気でなかった。

こんなところが可愛《かわい》い。あんなところが最高。夢叶乃亜はいいぞ。

そんなIQの溶けたオタクの感情論が通用するとは思えない。

そのため、海那はわざわざ乃亜の活動開始から炎上までに起きた出来事、伸びた動画、ライブ演出の個性などの情報をiPhoneメモに書き留めてきたのだ。

八月の炎天下。ほのぼのとした風景が広がる中、時計塔前で菜子の到着を待つ。

YouTubeの中でしか見たことのない、あのねじの外れたゆるふわ天使に、このあとどんな会話を迫られるのだろう。

「――そんでさー。最後の真敷《ましき》くんの演技がエモくてちょっと巻き戻して見たんだけど、やっぱあたし的に話が難しくてよくわかんないから切るか切らないか超迷ってんだよね。でもせっかく六話まで見たし、最終回に期待して一応1・5倍で追ってんだけど、1・75倍でもありかなってなっててー」

頼みの綱は、TVerで倍速視聴したドラマについて語る猫省庁の助《すけ》っ人《と》大臣、霧谷《きりたに》彩音。

トレンドの申し子である彼女はコンテンツの消費がとにかく速い。基本ドラマは倍速。Web漫画は「スクロールで親指が腱鞘炎《けんしょうえん》になるかと思った」と愚痴るほど速読だ。あらゆる世界の時間を意のままに操る彩音をクラスメイトはこう呼ぶ。――倍速の小悪魔と。

そんな倍速の小悪魔vs低速の絶滅天使の対談に果たしてついていけるだろうか。

最悪、この巡り合わせは時空を歪《ゆが》め、宇宙法則を乱しかねない。

謂《い》わばイベントホライズン。海那《みな》はすでにめまいがした。

そういえば、と海那は気づく。

彩小路《あやのこうじ》ねいこにも、六翼なこるにも、わかりやすい代名詞がある。猫大臣。絶滅天使。

一方の鏡モアにはコンセプトがなかった。なにせ、カナダとニュージーランドは九千マイルも離れている。その代名詞は、魔除《まよ》けの絶滅鳥？　魔除けに失敗しているではないか。

「ん、こほん。……こんにちは」そこに、あの天使の囀《さえず》りが。

心臓がきゅっと締めつけられるような気分になった。海那が顔を上げ、勢いにまかせて言う。「こ、こんにちはっ」

「こんちはー。お姉さんがなこえる？」彩音もおどけた顔してさらりと言った。「えー、やば。髪型かわいい。背高くていいな～。あっ、指も細くて綺麗《きれい》ですね」

彩音は会った相手の良い印《い》象をすらすらと言う。菜子のほうはそんな令和ぎゃるの処世術とは無縁の世界で生きてきたようで、戸惑いながら返事をした。

「うっ、そ、そうかな。ありがとう。きみもお洒落《しゃれ》でかわいいよ」

「え～。うれしい。にひひ」彩音は屈託のない笑みを浮かべた。

彩音の褒め言葉は真理を突いていた。

六翼なこるの魂は細身で背が高く、モデル体型。髪型は大人びたウルフカットだが、あどけなさが残る童顔だった。白い肌は幽霊のような透明感があり、儚《はかな》げな気風を帯びている。それゆえまったく威圧感がない。その鈴を転がすような声も相俟《あいま》って誰もが好感を持ち、庇護《ひご》欲を掻《か》き立てられることだろう。——薄幸の美女。そんな愛称がぴったりだ。

「それより、ここでなこえるはちょっと……。ぼくのことは菜子でいいよ」

それが本名だから、と菜子は言う。

慣れ慣れしすぎやしないかと海那は躊躇《ためら》った。

「んじゃ、なこちって呼びまーす。あたしは彩音。それからこっちがミーナ」

「……ち？　なこち？」菜子は一瞬きょとんとした。それから臆病な小動物然として背を丸める海那に目を向ける。「まぁいいや。きみがミーナさんね」

「はっ、はい。わたしのこともミーナでいいです」

当たり障《さわ》りのない自己紹介。

それから約束通り、菜子は近くのカフェで二人のオーダーに気前よく金を支払い、自分の分も含めてテイクアウトして代々木公園のバラ園の近くまで歩く。三人は木陰のウッドベンチに腰を落ち着けた。

「噂《うわさ》のカルゴくんにこんな素敵なガールフレンドが二人もいてラッキーだったな」

菜子は出し抜けにそう言った。

「あはは、ウケる。珍獣カルゴにガールフレンドだって。あの白髪は、あたしたちじゃ手に負えないですよ」

「珍獣……白髪……」菜子は珍獣カルゴの神々《こうごう》しい姿を妄想した。きっと四足獣だ。

「でもまぁ、ミーナはずいぶん世話を焼いてるみたいだけどね～？」

「そうなの？」菜子が目を一段大きく開き、海那を見る。

「えっ……。いえ、その、特別なにって関係じゃないんですけども……」

海那が赤面して背を縮め、次第に俯《うつむ》いていく。

「……あ、察した」

「ね。なこち、そういうことです」

どうです？　英国淑女の血を引く美少女のこの慌てぶり。癖になるでしょう？　――と言わんばかりに彩音はにっこりと微笑《ほほえ》む。

菜子は白いもふもふの四足獣と戯《たわむ》れる西洋貴族令嬢の姿を妄想していた。

「彩音、そういうことってどういうこと？　それにカルゴさんは全然わたしになんて興味ないよ。ずっと片思いしてる相手がいるんだから」

気丈なふりして海那はハンカチでぱたぱたと顔を扇ぐ。

それが本題だ。菜子はウッドテーブルに肘をつき、前のめりになる。

「そう。その彼の推しのこと。――夢叶《むかなえ》乃亜」

「はい」

海那はすっかり〝六翼《りくよく》なこる〟を相手にしていた。

一旦モードに入ると、海那も〝ノア友のミーナ〟だ。この長閑《のどか》な代々木公園でのインタビューは、電子の海に静寂をもたらすか、嵐を起こすかの分水嶺《ぶんすいれい》。

業《ごう》に報告するとき、海那は六翼なこるの魂がどんなに素敵な人物で、その声にも表れているような清らかな心の持ち主だったかを熱弁するつもりでいる。六翼なこるに対して憤《ふん》懣《まん》やるかたない態度を見せる、業の心を鎮《しず》めるために。

「……その、まずどうして乃亜ちゃんについて知りたいんですか？」

先手を打って海那はそう訊《たず》ねた。菜子は眉尻を下げる。

「うーんと……。それに答えるなら、ぼくがネットでどういう評判なのかも知ってもらわなきゃいけないね。実を言うと、できれば夢叶乃亜のことは触れたくなかったんだ。ぼくにとって乃亜は謂《いわ》れもない評判をぼくに塗りつけるミームみたいなものだからね。……ただ、触れずにいるのももう限界で」

菜子は伏し目がちにそう語る。

海那は「やっぱり！」と叫びたくなった。海那の解釈が正しかったのだから。

「わたしも見ました。菜子さんがどう呼ばれてるか」

「ジェネリック乃亜？」

「……はい」

菜子は自嘲するように笑みを浮かべた。「ジャスティンの方がよかったな」

それを聞いた彩音が痛快に笑う。

「ここだけの話、プロデューサーはそれを良しとしてるよ。人気ならいいじゃないか、だって。でも、乃亜は炎上して引退したわけだし、中の人は当時けっこう叩《たた》かれてたんだから、風評被害に繋がるよね。ぼくもそういう先入観で見られるわけだ」

菜子はそこでレモネードを飲み干した。

「昔の言葉にあるでしょう？　彼を知り己を知れば百戦殆《あやう》からず、とか。あと……あれ。君子危うきに近寄らず。ぼくが乃亜を知るのはリスクヘッジなんだよ。彼女から遠ざかるため。だからきみに来てもらった。ノア友のきみに」

菜子は海那を見据え、肩をすくめた。海那は怯《おび》えながら答える。

「……前世論争は、VTuber界隈《かいわい》ではよく起こりますね」

「そうなの？」

菜子のVTuber歴はまだ浅い。デビュー前はほとんど見たことがなかった。ファン層の空気感も、業や海那、彩音ほど明るくない。

海那はこくりと首肯して続ける。

「VTuber界隈には、前世に触れない、という暗黙のルールがあります。前世がどうのって表立って言う人は、そこまで熱心に追いかけてる人じゃないと思います。もちろん魂のことに触れるのもタブーで――」

それがVTuberファンの不文律。

海那はVTuberをやってみて気づいたことがある。ファンが触れてはいけないからこそ、魂を外側から守る存在がいないのだ。運営にひどい扱いを受けても魂は泣き寝入り。逆に外からゴシップが押し寄せても、企業が守れるのはVTuberであって中の人ではない。

もちろん個人勢なら自衛が必要だ。

魂とガワの隙間に生じるこの歪みを守るヒーローがいたらいいのに、と海那は思う。

「ふーん。VTuber初学者のぼくにはまだわからないことが多いみたいだ。じゃあ、乃亜のファンだった人たちもそこまでぼくの存在を気にしてないってこと？　ぼくのことで乃亜の名前を口に出す人は、みんな当時の炎上に便乗していた勢力？」

「それは……」

真っ先に思い浮かべた人物は苅部《かるべ》業だった。

いつもはクールな彼だが、弱気になると「乃亜《のあ》ちゃんに会いたい」とむせび泣くほど、まだ夢叶乃亜へのガチ恋を続けている。これだけ言うとかなり痛い。こじらせファンの典型だ。――そんな彼が六翼なこるによって情緒を掻き乱されている。

「最近、ちょっと怖いことがあってね」

声をひそめて菜子《なこ》が言う。海那は目を見開いた。

「怖い……とは？」

「どうも誰かに後をつけられてるような気がして。最初は気のせいかなって思ったけど、街中に出ると視線を感じずにいられない。じとっとした嫌な視線だよ」

海那と彩音《あやね》は思わず顔を見合わせた。

菜子は周囲を見回し、警戒心を露《あら》わにしながら続ける。

「その感覚も一度や二度じゃない。外出中は常に誰かに監視されているような気がする。ぼくはまだVTuberになって日が浅いからかもしれないけど、こんな経験初めてだよ。学生の頃はバンドやってたけど、こんな感覚はなかったかな。もしかしてこれがストーカーってやつかと……」菜子ははっとして言葉を切る。「ごめんね。こんな話、未成年のきみたちにすることじゃないかもしれない。けど、もし六翼なこる目当てでぼくをつけているなら、どうやって特定したのかわからないんだ。そこが怖い。相手は過激なぼくのファンなのか。夢叶乃亜のファンなのか……。あるいは無関係の人かもわからない。ただ、相手によっては対策できることもあると思うんだ」

菜子は殊勝にそう語る。けれど、その額には小粒の汗が浮かんでいた。

彩音は小難しい顔であらゆる想像を倍速で膨らませていた。

海那のほうは耳が痛くなった。これがすべて菜子の勘違いならいいのに。

「最近は活動にも支障が出ていて……」

菜子は怯えながら打ち明ける。

「配信中に乃亜に言及する人を見かけると、とたんに街で見張られている感覚を思い出すんだ。ぼくはVTuberだから生身の姿を見られているわけじゃないけど、配信では、ぼくの言葉の何もかもが好きなように、誰とも知らない大勢の人に聞かれているんだよ。それが怖い。余計なこと言って特定されないかとか、不本意にストーカーを刺激しないかとか。それでこないだも弾き語り配信すら上手《うま》く回せなかった」

あの無言の八分間は、菜子が恐怖に耐えるための葛藤の時間だったのだ。

菜子の悩みは女性VTuberとしてそれ相応のリスナーに囲まれてきた海那と彩音にもよくわかる悩みだった。配信者はアンチだけでなく自分自身とも戦っている。

「なこち……。それ、休止前のばちぼこメンタルなやつじゃん」

「うん。いまのぼくはクソ雑魚《ざこ》だよ」

「とりあえず休も。いますぐ休止」

「それは……したくない」

「どして？」

彩音にとって、菜子はとっくに人気絶頂Vの中身ではなく、等身大の友達だった。

「活動休止は敗北宣言だ。逆にストーカーから、この女はおれの思い通りになるって思われるかも。それに、こんなことで足元をすくわれたくないんだ。ぼく、VTuberをはじめたのは自分のためでもある。ぼくは……社会不適合者だから。この活動でぼくの言動に首を傾《かし》げてきた連中をわからせてやりたい。ぼくの世界は間違ってなかったんだって」

それを聞いて、海那《みな》はじわりと目頭が熱くなる。

夢叶乃亜の炎上はいまだ禍根を残していた。その災禍は、当時のことを知らずとも声が似ているだけで同一視される、六翼なこるのようなVTuberにまで広がっていた。

海那が思い浮かべるのは苅部業のことだ。炎上の苦しみを理解しつつもVTuberの外側にいる存在。業も散々な思いをした。

彩音がちらちらと目配せしていることに、海那は気づいた。

目力で念を送っているようだが、いったいなにを伝えたいのかわからない。海那はきょとんとして小首を傾げる。しびれを切らし、彩音は嘆呵《たんか》を切った。

「まままっ、そういうことなら、あたしたちもなこちを応援するんでっ」

彩音は飛びきりの笑みを浮かべ、手をぽんと合わせる。

それから海那に「あとで言う」と小声で囁《ささや》いた。

「あたしも玲《れい》ちゃん推しだったから星ヶ丘ハイスクールの箱の話ならできる。乃亜ちゃんのことならミーナが詳しいから。ね？」

「う、うん」海那は iPhone を取り、メモアプリを開く。「少しでも菜子さんのお役に立てるなら、と思って」

「ありがとう。なんだか、はじめて VTuber のお友達ができた気がする」

「たはは。あたしら一回引退してっけどね。そのうち転生したら何卒何卒《なにとぞ》」合わせた両手を縦に振る彩音。そんな愛嬌《あいきょう》の塊に、菜子も思わず笑みを零《こぼ》す。

「二人ならきっと人気になるよ」

乃亜を語る会は、彩音の手腕で和やかにはじまった。

7

菜子と別れ、海那と彩音は二人で帰途についた。

同じ電車に乗り、肩を並べて外の景色を眺める。

青空と電線と密集した建物の群れ。埼京線に乗り換えてからは乗客もまばらだ。

「ミーナ」彩音は人目を忍ぶように声をかけた。

「うん」

「今日のなこちの話、やばくね？」

彩音が言っているのはストーカーの件だ。

海那もさすがに彩音が何を言いたいのかを理解している。

「あたしの推理第二弾！……は聞かなくてもわかるか」

「カルゴさんのこと？」

業の外出が多い理由が、もし菓子をつけ回すためなら辻褄《つじつま》が合う。

彩音は首肯した。

「あいつ、あたしらを送りつけたのは、なこちに自分の素性をバラさないようにするためだったんだよ。ストーカーがバレたとき、しょっぴかれないようにってさ」

「彩音はカルゴさんがそのストーカーだって思ってるの？」

「もちろん思いたくはない。でもさ、荒羅斗《あららと》カザンのブログ、ミーナも読んでんだろ？

VTuberを燃やすための、あのろくでもないブログだよ」

「VTuberを守るためのものだよ。ねいこの記事、もう忘れた？」

難しい表情を浮かべ、彩音は首を横に振る。

「忘れてない。そりゃ感謝してる。けど燃やしてるのは一緒じゃん。確かにミーナやあたしはあれのおかげで救われた。じゃあ、その前の記事は？」

海那は言い返せない。

「乃亜ちゃんが引退してから一年、あいつは年がら年中VTuberの炎上記事を書き殴って、ゴシップを拡散してきた。はっきり言って正気じゃないよ。……あたしが怖いのは、そんな珍獣の執念だ。推しが炎上したからって何が愉《たの》しくてそんなことする？　ネットに時限爆弾を仕掛けて、それが爆発するのを待つなんて、そんな愉快犯じみたことをあいつはやってきたんだよ。この一年こつこつと。そんでついにジェネリック乃亜の登場！　ストーカーくらい平気でやるじゃん。そこまでいったらさ」

彩音とここまで解釈違いを起こしたことは、これが初めてだった。

問題は反論の余地がなかったことだ。海那はもしかすると、苅部業《ごう》という人間について重要な何かを見落としているのかもしれない。

「もしそうだったとして――」海那はごくりと唾を飲み込んだ。「止《や》めさせることはできる。カルゴさんは、確かに乃亜ちゃんのことになると見境がなくなるところあるよ？　だけどわたし、初めてカルゴさんに会ったとき、こんな優しい人見たことないって思ったもん。いまでも思う。……ちゃんと話せば、本当に菜子さんに嫌がらせをしてるとしても、何かの間違いだったってわかりあえるはずだよ」

　絶対に彩音の勘違いだけどね、と海那は付け足した。

「ミーナ……」毅然《きぜん》とした態度の海那に彩音は胸を打たれる。「そっか。そこまで言うなら、やることは一つだな」

　彩音は親友の熱意に便乗して発破をかける。

「カルゴに告ってこい」

「はっ？　なっ、なに、いきなり……っ」

　海那は慌てた素振りで辺りを見回す。

　車両にほとんど人がいなくて良かったと、そっと胸を撫《な》で下ろす。

「カルゴの暴走を止めんならミーナが振り向かせるしかねーじゃん。乃亜ちゃんに負けっぱなしでいいの？」彩音は成り行き任せにそう言った。

「いやいや、ちょっと飛躍しすぎ……？」

「闇落ちした恋人を正気に戻すのは、いつだって真実の愛なんよ。そういう漫画いっぱいあるし、エモいしね」

「なんで漫画の話になるの？」

「でも好きってことは否定しないもんね～？」ニチャアと笑う彩音。

「や、やめてよっ」

海那は熱くなる頰を片腕で隠し、そっぽを向く。

いまが夕焼けの時間帯だったらよかったのに。残念ながらまだ車窓の向こうには青空が広がり、紅潮した海那の頰を容赦なく晒《さら》してしまう。

「それを言うなら彩音だって……っ」と、海那が反論する。

「あたし？」

「ねいこの引退配信の前、カルゴさんのことちらちら見て意識してたじゃん」

「あ～、あれね。あったなぁ。あはは－」彩音はふざけて、なにを勘違いしたのだとばかりに海那を笑い飛ばし、視線を天井に向ける。

そして再び海那と目を合わせて言う。「……バレた？」

「え…………？」

「いや～、カルゴは陰キャで扱いにくいけど、そんなヤンデレ男子も惹《ひ》かれるよなって。ガチャならURか星五確定だし、アレでもかわいいとこあんだよね～」

「……うそでしょ」

「ううん。ガチ」彩音《あやね》は舌をぺろりと出した。

「彩音、カルゴさんのこと……す、す……」

「うん。好きかも。あ、やばい。なんか口に出したらめちゃ好きになってきた。確かにあたしが振り向かせればいっか。あーそうしよ。いまから会いに行って美少女ぎゃるパワー全開でカルゴ悩殺してくるしかねーなこりゃ。したらなこちも助かるし、みんなハッピーになれるっピー……っとね」

言って彩音がスマホを取り出してLINEをタップする。

「だめぇ！」

海那は慌てて彩音の腕を押さえつける。愚行に気づき、すぐはっとなる。

見上げると彩音は愉悦の表情を浮かべていた。

「は、謀《はか》ったのね……っ」

海那の目にはぐるぐると渦巻き模様が浮かぶ。

「謀ったもなにもやるしかないだろ。なこち困ってんだよ？　カルゴを落とせば助けられるんだ。今度はミーナが救ったら？　困ってるVTuberを」

彩音の言葉がぐさりと心に突き刺さる。

はじめて海那が助けられたとき、業はネット社会の闇が生み出したダークヒーローなのだと勝手に思った。そして彼に恋をした。——否、あけすけに語るなら、暗黒面に堕《お》ちる前からとっくに恋に落ちていた。

片想《かたおも》い確定の無謀な恋に。

その想いは海那自身の負け犬根性が台無しにした。一年ぶりに会った業は、誰かの人生を、世界を、一変させてしまうパワーを持つようになっていて、なんとも情けないことに海那はその傍《そば》にいる置物という立場を甘んじて受け入れていたのだ。

もっとひどく言えば、お飾りの西洋人形に成り下がっていた。

結果、業はいまだ恋敵に取られたままだ。それもこれも海那がヒロインレースから逃げていたからだ。海那は深呼吸して言う。

「……彩音の言う通りだ」

臆病風を吹かすのはもう終わりにしよう。業がストーカーかどうかは関係ない。

海那が業を振り向かせ、VTuberを救う英雄となれるように寄り添うのだ。

いまのままでは何をしでかすかわからない彼の軸に自分がなればいい。そうして業の心を救い、晴れてVTuberを救うヒーローが誕生するというわけだ。

「ね？　ミーナしかいないよ」

ほら、と車両の扉上部を彩音は見上げる。次は赤羽駅に停車する。ここで高崎線に乗り換えて尾久《おく》駅まで引き返せば、業の住むアパートに近い。

「……わたし、行ってくる。変な嘘《うそ》つかせてごめんね」

「おう。あとで結果教えろよにゃー」

彩音は拳を上げ、電車を降りる海那《みな》にエールを送る。

その背を見送り、姿が見えなくなってから苦笑いを浮かべた。

「あたし、親友には嘘つかない主義だけどな」

8

「はぁ……っ。はぁ……っ」

業の部屋に着くまで、容赦のない西日が立ちはだかっていた。

海那は息も絶え絶えにようやく辿《たど》り着いた。合鍵を使い、業の部屋に駆け込む。いまなら堂々とそこへ足を踏み入れられる。

「カルゴさん！」海那が叫ぶ。

業はいつものように涼しい顔でブログの執筆作業に取り組んでいた。

薄暗い部屋でカーテンの隙間から漏れる落陽の光が、まさに火の粉を思わせた。燻《くすぶ》り、燃え広がり、やがて大火へと広がっていく。そんな幻覚が海那を襲う。

「どうした。そんなに汗かいて……」

さすがの業も、海那のただならぬ空気に引いていた。

自然とエアコンのリモコンに手を伸ばし、設定温度を下げて海那を気遣う。あれだけ節電と騒いでいたくせに。やはり彼は優しいのだ、と海那は思う。

「菜子《なこ》さんに会ってきました」

「なこ……？　ああ、なこるか」業はちらりとPCを見て、また海那を見る。「先にシャワーでも浴びてきたらどうだ？」

「……」女の子にそんな言い方ある？　海那は苦笑を浮かべた。

業だからこそいやらしさを感じないが、いかに眼中にないかを突きつけられるようで、それも癪《しゃく》だ。海那はシャワーを借りるべきか、先に用件を伝えるべきかに迷っていた。

この勢いのまま想いを伝えたほうが精神的に楽ではないか？

だが、人生初の告白を汗だくで髪もぐしゃぐしゃな状態でするというのも情けない。

それはムードもへったくれもない。それに物事には順序というものがある。脈絡をつけるなら、まず六翼《りくよく》なこるの魂についての報告。個人的な話はそのあとだ。そもそも本当にいま、このタイミングで告白なんてすべきだろうか――。

実のところ、海那は勢いだけでここに来た。

「ミーナ？」

「あぁ、えっと……」海那は目を泳がせ、ハンカチタオルで汗をひと拭き。ふわりと漂うハンカチの柑橘《かんきつ》系フレグランスが海那を落ち着かせる。

「わかりました。……じゃあ、お言葉に甘えて」

踵《きびす》を返し、風呂《ふろ》場へ向かおうとしてまた海那は足を止めた。一刻も早く伝えておいたほうがいいことがある。業は、立ち止まった海那に訝《いぶか》る目を向けた。

「なこえるの魂のことですが……」

「ああ、その件か」

「とても素敵な人でしたよ。Vの活動にひたむきで、音楽で自己表現がしたいって言ってました。最近その……ストーカーに悩まされているみたいでしたけど、負けじと活動を頑張りたいって意気込んでて」

「……ストーカー、か」業は露骨に不快な態度を見せた。

海那の心臓が再び早鐘を打つ。「あっ、ええと。落ち込んでる様子はなくてっ」

業がそのストーカーだった場合のことを海那は度外視していた。

つけ回している相手の精神状態をストーカー本人が知った場合、どうなるだろう。相手が元気だったら、もっと追い詰めてやろうと思うだろうか。あるいはストーカー扱いされて癇《かん》にさわる、とか。

「なこるが乃亜《のあ》について知りたいと言っていた理由は？」

そう追及する業《ごう》の声は驚くほど冷淡だ。

「あぅ……。それは、遠ざかりたいからだそうです。周りが騒ぐのが嫌で、乃亜ちゃんのことを知って敬遠するために……」

「そうか。なこるはまだVTuberですらないんだな」

「え？」海那は悄然《しょうぜん》として不安を吐露する。「……あの、わたし、なにか余計なこと言いました？」

「いや、ありがとう。とりあえずミーナはシャワーを浴びたほうがいい」

そう言って業はまたＰＣに向き合う。

海那はしばらく動けずにいた。何かとんでもない間違いをしでかしてしまったのではないかと思って背筋がぞくぞくした。罪悪感に支配され、思わず口が開く。

「えっと……」

「ん？」

「いえ……。の、覗《のぞ》かないでくださいよっ……」

「馬鹿言え」業はぴしゃりと言い返した。

――VTuberですらないんだな。

海那はシャワーを浴びながら、その不可解な言葉を反芻《はんすう》していた。

いったい、どうしてそんな言葉が出てくるのだろう。この業界は本人が名乗ればVTuberと定義されている。六翼なこるはVTuberとして活動し、本人もそれを認めている。それどころか十万人のファンがいる人気者。紛れもなく、六翼なこるはVTuberだ。

さしあたっては業がなこるを認めたくないという意味だろうか。

……なにか、違う気がする。苅部《かるべ》業を理解するためのピースがまだ足りない。

とはいえ、業は自分から気持ちを打ち明けるような性格ではないことは海那もわかっている。となれば本当に悩殺して、篭絡《ろうらく》するしかないかもしれない。

「すぅー……。はぁ」

海那は全身鏡に映る自分と向き合い、覚悟の色をその翠眼《すいがん》に浮かべた。

街を歩けば、十人中九人の男は振り返る容姿だ。そのせいで対人恐怖症になったわけだが。しかし女としての魅力は絶対にあると信じていい。その武器を以《もっ》てすれば、リアルに興味がない業を振り向かせることもできるはずだ。

「――よし」

脱衣所で体を拭き、下着を着ける。ドライヤーで髪を乾かして準備万端。

安心毛布を抱くように、バスタオルでせめてお腹《なか》を隠し――精神的にそこが露出の限界だった。ついに海那は服を着ることなく、部屋に戻った。

そこで部屋から出てきた業とばったり出くわす。

「あっ……」

業は下着とバスタオルしか身にまとっていない海那を見て一言。

「いくら暑いからって、あんた……」

「これはっ、ですねっ」海那は一気に恥ずかしさがこみ上げた。

この冷血漢に色仕掛《いろじか》けが通用しないなど、よく考えれば想像できた。それにしたって無反応すぎやしないか。勇気を出して慣れない誘惑に奮起したと思えばこの塩反応。

さすがの海那も怒りが沸々と湧き、声がうわずる。

「他になにか言うことはないんですか……っ」

「……」業は海那の体をまじまじと見た。そして困ったように言う。「体は大切にしたほうがいい。またVTuberをやるなら体力勝負だ」

言って業は玄関に向かって歩いていく。海那はいまの言葉に愕然《がくぜん》としたが、業の挙動と怒りが滲《にじ》むようなその声音に、はっとして慌てて呼び止める。

「どこに行くんですか？」

「ちょっと外にな」

ちらりと窓を見やる。もう日は暮れ、空の色は赤と青に分断されていた。

「この時間に？」このすれ違いはもう何度目だろう。

「やることがあるんだ」

靴を履き、ドアノブに手をかける業。

不思議と、かけられた言葉がまるで餞別《せんべつ》の言葉に思えてならなかった。

引き留めなければ、もう二度と帰らないのでは……。そんな不安が押し寄せる。

「行っちゃダメ……っ！」とはいえ、いまの無防備な姿で外には出られない。「カルゴさん！　わたしまだ、話したいことが……！」

「時間がない。あいつは、おれが止める」

そして業は外に出、有無を言わさず扉を閉める。丁寧に鍵までかけてくれた。

「ああ……」

海那は床にへたり込んだ。──負けたのだ。勝負すら挑めなかった不戦敗。

一人ぼっちの部屋。悲しさがこみ上げ、喉が熱を帯びる。気づくと、雫《しずく》が目からしたたり落ちていた。仄暗《ほのぐら》い廊下が海那の敗北を象徴する。

──ピロン。不意に、リビングにあるスマホから通知音が鳴る。

海那はやおら腰を上げ、通知を見やる。彩音《あやね》からのLINEだった。二連続で届き、一瞬見えた「どうだった？」のあと、「スタンプを送信しました」が通知を上書きする。

海那はなにかに縋《すが》りつきたくなり、LINEを開いて既読をつけた。

既読は〝察しろ〟のサインだが、握りこぶしを突き上げて応援してくれた友人に不義理を働きたくないと思い、海那は震える指で返信した。

〈どうだった？〉18：57
〈：おねだりスタンプ：〉18：57
既読18：59〈：大泣きスタンプ：〉
〈はにゃ？〉19：00
既読19：00〈：大泣きスタンプ：〉
既読19：00〈：さみしいスタンプ：〉
既読19：00〈：ぶっ倒れスタンプ：〉
〈うっそ〉19：01
既読19：01〈あやね～～！〉
〈はなそ？〉19：01
〈不在着信〉19：02

〈音声通話　4：03〉

〈だいじょぶかー?〉19：06

「うぅ〜……わぁ〜〜〜……………」

海那《みな》は開口一番、溜《た》め息か嗚咽《おえつ》かわからないような声を出した。

『ミーナ。えらい。えらいよ。ちゃんと言えて』

「違うの」

『なに?』

「言えなかった……!　引き留めたけど出てっちゃった」

『裸のミーナを置いて?』

「うん。……まぁ、裸のことは触れないで」

みるみるうちに彩音の声音が険しくなる。『あいつ、やっぱヤバいよ。ミーナの色仕掛けをスルーしてVTuberに嫌がらせとか、本気でどうかしてる』

「嫌がらせ……?」

『うん。あの珍獣、ついになこちを燃やす宣言しやがったかんね』

「カルゴさんと喋《しゃべ》ったの?」

『あぇ？　知らん？』と彩音。心底意外そうに続ける。『あたし、てっきりミーナとなんかあってカルゴが血迷ったんかと——Twitterのトレンド見て』

海那はTwitterを確認する。また『六翼《りくよく》なこる』がトレンド入りしていた。その文字列をタップし、どういう経緯でトレンド入りしたのかを調べた。

□死神　@wEf5mwelvatpe4t

六翼なこるの魂を特定した。

2022-08-05 18:30:00

詐欺事件以降、削除されていたはずのアカウントが復活している。

そこには六翼なこるへの悪意に満ちた宣戦布告があった。

「…………」

海那は思わずスマホを落とした。

ふと、業の反応が甦《よみがえ》る。ストーカーという単語を聞いたとき。なこるがVTuberですらないと言ったとき。それから「やることがある」「あいつはおれが止める」——。

『ミーナ？　だいじょうぶ？』

彩音の声は海那の耳には届かない。自分が甘かったと海那は猛省した。業はもう、VTuberを炎上させることでしか自己の愛を昇華できないのかもしれない。その矛先がいまや、乃亜《のあ》の後継者扱いされる六翼なこるに向けられている。拒絶された業は次にどんな暴挙に出るだろう。その答えはすぐそこにある。

「……」

海那は固唾を呑《の》み、業のパソコンに目を向けた。

実は、ログオンパスワードを知っている。起動する瞬間を何度も見ていたから。

海那は我慢できず、パソコンを立ち上げてパスワードを打ち込んだ。二度とこんなことはしないと誓い、起動されたデスクトップに向かう。

無我夢中でブラウザを立ち上げ、【燃えよ、ぶい！】にアクセスする。

Cookieのおかげで、編集権限を持つアカウントでログインできた。これなら彼が設置した地雷と爆弾を覗き放題だ。

「これ――」

海那はその編集履歴を見渡した。

現在から過去の順に並ぶ記事の一覧。それらは荒羅斗《あらら と》カザンの一年間の軌跡だ。

海那は、まるで万華鏡《まんげきょう》を見ているかのような気分になった。

このブログは一つ一つではなく、その全景に意味がある。万華鏡が見る角度によってまったく別の色と形を見せ、新たな景色に変わるように、荒羅斗カザンの前世を知る人間にはブログ全体が別の景色を映しているように見えるのだ。

それが、いまぴたりとある形に収まった。


【六翼なこる＝夢叶乃亜《むかなえのあ》説に終止符　◇未公開記事◇】

【彩小路《あやのこうじ》ねいこ、謝罪ネタ動画削除！　星ケ丘リスペクトの大臣、蒸発まったなし】

【現代に甦るユリウス・カエサル！　色欲まみれの有名絵師ベサノ、某ワールド級イベントで賽《さい》は投げられた】

【チーミングに死体蹴り。暴言だらけのゲーマーVTuber庵野《あんの》あずみ、その過去を暴《あば》く】

【無垢《むく》なる新人魂に忍び寄るパワハラ。星ケ丘後身企業、やはり金の亡者《もうじゃ》だった】

【方舟《はこぶね》の浮上？　夢叶乃亜の仲良しVTuber白虎燐香《びゃっこりんか》、私生活暴露してファン失望】

【卒業後もレスバ上等！　チラチラと勝利宣言を繰り返す報光寺玲《ほうこうじれい》】

【叶耶六花《かのやりっか》をぶちギレさせた指示厨《ちゅう》、以前にも某アイドルグループを荒らしていた】

【杞憂民《きゆうみん》、さらに推しを追い詰める】――

記事は延々と続く。関連性がなさそうな記事も海那の目には繋《つな》がって見えた。

ベサノの記事は海那がノア友かどうか試すためだ。

彩小路ねいこは星ヶ丘ハイスクールをリスペクトした配信をしていた。

庵野あずみは夢叶乃亜と一緒にFPS大会に出場したVTuber。

白虎燐香は乃亜の魂の醜態をサブ垢《あか》でツイートしたVTuber。

報光寺玲も星ヶ丘ハイスクールのメンバーだ。叶耶六花は乃亜とは無関係だが、記事を読んでみると、過去に星ヶ丘ハイスクールを荒らした指示厨について書かれていた。

——すべて、夢叶乃亜と縁のある者を追った記事。

このブログは推しへの愛を綴《つづ》る、裏返しの日記帳なのだ。

「そうか……。そうだったんだ」

海那は、その真意に気づいてしまった。

業《ごう》のブログ【燃えよ、ぶい！】は、徒《いたずら》にVTuberの炎上事件をゴシップ的にまとめていたのではない。推しが残した余燼《よじん》を見つけ、その萌芽《ほうが》を摘むことで夢叶乃亜というVTuberの禍根を断ち、終止符を打とうとしている。

——それが彼の、最後の推し事。

これは業の贖罪《しょくざい》だ。トップオタとして乃亜を推し上げ、人々の羨望《せんぼう》と嫉妬を集めたことに責任を感じた彼は推しが死んだ後も、その不始末を片付けるまで推し続けていた。

なんて救いようのない人だろう。

それはまるで終わらない追悼式。その苦行の果てに乃亜が復活するはずもない。自分が報われることもない。それでも火種がすべてなくなれば、乃亜の死は永遠だ。

――〝乃亜ちゃんに会いたい〟。あの悲痛な叫びもいまなら正しく解釈できる。業は言葉通りに乃亜を求めてはいない。実際はその逆。もう会えないと悟り、嘆くのだ。

「どうして、カルゴさんはいつだってそう……」

すっかり夜の帳《とばり》が下り、部屋の中は真っ暗になった。

街路の灯《あか》りが部屋に差し込み、なにかがその光を反射させた。ベッドの下の聖域から、半分だけ大型クッキー缶が顔を覗《のぞ》かせている。

海那はその四角い缶の中に何があるのか、とっくに察していた。真意に気づいたいま、缶の中身は見たも同然だった。そっと蓋を開けると案の定、乃亜タオル、缶バッジ、サイリウム、乃亜Tシャツがきちんと畳まれて納められていた。

海那は受容と覚悟の色を瞳に浮かべて言う。

「……わたしが塗り替えるしかない」

恋敵はVTuberだ。次元の壁が違う。それなら戦う土俵が間違いだ。

壁時計を見やると時刻は七時半を回っていた。編集ソフトはある。マイクもある。作業に取りかかる環境は十分に揃《そろ》っている。

早く業を止めなければ、彼の身には推しの死以上の悲劇が待っている。

この未公開記事が公開される前に、救い出さなければ――。

そこで気づく。よく整理されたデスクトップにExcelファイルがぽつんと置かれていた。ファイル名【徴収リスト】――。

「……」海那は固唾を呑んでファイルを開いた。

開かれた【徴収リスト】には『六翼なこるお祝い企画』という表題と、なこファミリアの名前、金額が明記されていた。

9

菜子《なこ》は南武線に乗り換え、夜のラゾーナ川崎へショッピングに来ていた。

駅の改札から地続きに行けるそのプラザは天井が放射状に広がっていて、その階層構造はまるで近未来のライブハウスのようだ。菜子はこの空間がお気に入りだった。

ひさしぶりに奮発して、本革のブーツでも買おうかと店を物色していた。そんなとき、ふと見たSNSで地獄が広がっていたときの気分は、きっと誰にも想像できはしない。

――〝六翼なこるの魂を特定した〟

ツイートを見た瞬間、菜子は外の煌《きら》めきが一気に蒸発するような感覚に陥った。近未来ライブハウスの照明がすっと消え、直後には奈落の底。絞首台《こうしゅだい》のほうがまだ明るいかもしれない。壮大にライトアップされた屋根も、漏れ聞こえるグルーブ感あふれる音楽も、突如襲った暗黒感にすべて塗りつぶされる。

バーチャルの自分はそんなふうに、いつもリアルの菜子を失望させ、生活を脅《おびや》かす。

あと三十分もすれば、マネージャーの米良《めら》からLINEの連絡が入るだろう。リツイートもどんどん伸びているし、SNSの廃人たちによる前世論争が再燃したことで、なこるはトレンド入りを果たした。米良ならすぐ気づく。

菜子は本革ブーツを放り出し、闇の世界トーキョーへ引き返すほかなかった。

すぐさま電車に飛び乗り、渋谷に向かう。電車の中では、汗ばんだよれよれのシャツを着た夜遊び人間たちが徘徊《はいかい》し、大きい声で話をしている。乗車口とシートの間を陣取り、菜子はなんでもないように外の景色に目を向けていた。

――この電車にストーカーが乗っている。

菜子は直感的にそれに気づいていた。じっとりとした視線を感じる。

いまにもくずおれそうな体を座席シートの縁に寄りかからせ、正気を保った。早く。早く。祈るように到着を待ち、目的地でドアが開くと同時に道玄坂まで一気に駆け抜けた。

事務所のあるビルエントランスを抜け、エレベーターでフロアに上がって出社する。

幸いにも電灯は点《つ》いていた。バブリーな平成初期に建てられたビル特有の、あのいまいましい長い廊下を渡り、ようやくオフィスに辿《たど》り着く。

「鍵尾《かぎお》さん？」

菜子に気づいた寺井《てらい》が顔を上げる。その顔つきがどこか険しい。

デスクを囲み、米良も寺井の手元を覗き込んでいた。何かの書面がある。

「あの……」菜子は何を言うべきか迷い、目を泳がせた。

「ちょうどよかった。いま連絡しようと思ってたんだよ」

「あ、ぅ……。えっと、お騒がせしてすみません」

なぜ自分が謝っているのだろう。菜子は気が動転していた。ここには助けを求めに来たはずだったのに――。

勝手に一般人と会ったことに罪悪感はある。だが、それとこれとは関係ない。

寺井は軽妙に口を歪《ゆが》ませ、お、と目を丸くして言った。「彼女、知ってるの？」

訊《たず》ねた相手は、マネージャーの米良だ。

「いえ。なにも知らせてませんよ？」

「ふーむ」妙に軽々しい雰囲気の寺井。「謝ることじゃないんだけどな」

「………？」

どうにも話が噛《か》み合わない。プロデューサーとマネージャーの反応は、所属VTuberの魂が晒《さら》されようとしていることに危機感を覚えているようには見えなかった。

「どういうことですか？」菜子は訳もわからないままに訊く。「魂を特定したっていうツイートのことは……」

動揺する菜子に向け、米良が柔和に微笑《ほほえ》んで言う。

「ああ～。よくあるやつね。あんなの、どうせ赤の他人だから大丈夫よ」

「それより、いますぐきみは池袋に行ったほうがいいぞ」寺井が平然と言う。

「はい？」

菜子は当惑して顔をしかめた。

自分は知らぬ間にβ世界線に迷い込んだのか？

ひょっとして、いままでのストーカーの気配は機関による追跡で、その世界線から無事に逃げおおせたのかもしれない。もしそうなら、どれだけ胸のすくことだろう。

菜子は急いで池袋に向かっていた。

逸《はや》る気持ちを抑えられない。その間もずっと死神に追いかけられているような気分だったが、事務所へ向かっていたときよりも幾ばくか気が紛れた。

池袋東口を出ると、喧噪《けんそう》と湿り気が肺腑《はいふ》を満たした。

目下、その横断歩道の中央地帯はまるで人々の乗船を待つ船だ。

信号が青に変わる。足早にそこを横断したところで、異様なざわつきを感じた。ぴたりと足を止め、勇気を溜《た》め込むための一呼吸――。その直後、

「なこえるーっ！」

突然、叫び声がした。カクテルパーティー効果でその呼び声が強く耳朶《じだ》を叩《たた》く。

背筋が凍る思いだ。なぜここでその名前が？　いったい誰が何のために？

街を行く人々が叫び声のほうに一瞥《いちべつ》くれ、興味なさそうにまた歩みを再開していた。

止まらない雑踏が、菜子を置き去りにする。

「なこえるに届けーっ！」

また声がした。己を鼓舞し、駅のほうを振り返る。

「あ……」

逆光がある人物の輪廓《りんかく》を浮かび上がらせた。

あの日の天使のはしごは、これを啓示していたのだ。

10

つけ回していた六翼《りくよく》なこるの魂が歩道を渡りきったところで、急に振り返る。

マスクと帽子で隠れつつも、その双眸《そうぼう》には困惑の色が浮かんでいた。

死神は一瞬怯《ひる》み、中央分離帯の真ん中で足を止める。——けれど、ここで止まるわけにはいかない。あの魂を晒すのだ。

充血した目を爛々《らんらん》とさせ、死神は足を踏み出す。そこに——。

「ヲオオオオオ!」

ライブ会場のような絶叫が突如として響き渡った。

次に、聞き覚えのある音楽が流れ出す。死神は動揺を隠せず、菜子が何かを言わんとするような顔で見上げる視線をたどり、背後を見上げた。

「なん……だ……?」

震える声で死神はつぶやく。

そこには、池袋PARCO本館の外壁がある。そこの大きなデジタルビジョンでは、軽快な音楽とともにプロモーション映像が始まっていた。

普段なら見過ごすようなその広告が、いまの死神にはひどく目障《めざわ》りに感じた。

映像の中の逆光が少女の輪廓を描く。直後、六翼の天使がスライドインして現《あら》われた。

『皆の者、ごきげんうるわしゅう〜。ガラメトリア所属、絶滅天使の思念体、六翼なこるだよ』

いつもの冒頭挨拶。『三分でわかる六翼なこる』の音源だ。

なこるのイメージソングがフェードインして、数々の配信シーンが広告内の３Ｄ空間で代わる代わるクローズアップされた。『YouTubeチャンネル登録者十万人を突破！　まだまだ人気急上昇中！』そんなテロップがビートに合わせて流れる。

突如として池袋に舞い降りた天使。その広告が爆音とともに流れ出した。

注目の新人VTuber六翼なこるは、駅前を行き交う人々の目に晒されていく。

「あぁ〜、なこえる知ってる。声かわいくて推せるわ」

「VTuber？　興味ねえ〜」

「十万人ってどうなん？　てか歌うま」

「見てあの集団。ウケる」

ほとんどの通行人は無反応。わずかに感想を漏らす人々も足を止めず通過した。

唯一、広告が見やすい喫煙所の横に集まり、なこるグッズを身にまとう集団だけが雀《じゃく》躍《やく》して黄色い歓声を上げていた。

その間、たったの十五秒。だが、目的を達するには十分すぎる時間だ。

唖然《あぜん》としていた死神は、外壁ビジョンの真下に意識が吸い寄せられた。

そこに身動き一つせず、こちらをじっと睨《にら》む何者かがいる。その挑発的な目は、まるで広告を流した張本人は自分だと主張するかのようだ。

その何者かと目が合い、死神は気づく。

「お、おまえは……」

死神はその青年の正体を知っていた。

髪の色がすっかり抜け、雰囲気も様変わりしているが、確かに会ったことがある。

一年前――あの忌《い》まわしい日に、ここ池袋で出会った憎きライバル。凶行を止めに来た青年――乃亜《のあ》推しカルゴが見下すように死神を睥睨《へいげい》している。

「カルゴ……ッ！」

「やっぱりおまえか。ネクロ」業が対峙《たいじ》した死神の名をつぶやく。

――ネクロ万酢《まんす》。通称『乃亜推しネクロ』。自分こそがトップオタと信じて疑わず、ほかのノア友と交わることを拒絶し続けた、同担拒否のノア友だ。

ネクロがここへ来ることを、業は確信していた。

なぜなら今日は【六翼なこるのお祝い広告】の放映日。

ガラメトリアの事務所とは放映にあたって綿密にすり合わせをしていたし、浮き足だったファンは撮影した放映動画をSNSに流す。もしなこるの魂がここに現われなくとも、死神をおびき出すには十分な餌を用意していた。

ネクロはその策略に嵌《は》まり、まんまと尻尾を出したというわけだ。

いまや死神の正面には苅部業という断罪者。背後には六翼なこる本人。そして同じ中央分離帯には、なこファミリア。ネクロは八方塞がりの方舟《はこぶね》の檻《おり》に閉じ込められた。

信号がまた青に変わる。業はゆっくりとその舟に乗船した。

「なこるのファンにフラスタの詐欺を働いたのはおまえだな?」

「……っ」ネクロが下唇を噛む。

事の発端は、なこるが乃亜の転生先と囁《ささや》かれ始めた一ヶ月も前のこと。

苅部業も当然その噂《うわさ》には目を留め、情報を追っていた。

そんな中、なこるの配信や匿名掲示板には決まって乃亜に言及する書き込みがあった。

これらの不気味な言葉に、業はある種の同族嫌悪《けんお》を感じていた。それがネクロ万酢のものであることも、すでに特定していたのだ。

「おかげで今回は下準備に苦労したよ」業は淡々と告げる。「なんたって、あそこにいるなこファミリアは一度、フラスタで痛い目に遭ったからな。信用してもらうまで何度も被害者の会を開いて、結束を固めるのに時間と金がかかった。その上、あの動画の準備と参加費徴収。仲介業者にずいぶん前から予約を入れ、運営から許可を取ってようやく外壁ビジョンに放映決定だ。——わかるか？　推し活ってのはな、こうやるんだよ」

業はそう言い放ち、かつての戦友を睨《ね》めつけた。

ファンを大切にするカルゴと、独善的なネクロ万酢。そんな二人が対峙する。

ネクロもただ同担拒否というだけなら良かったのに、当時は推しの迷惑も顧みず、配信でコメントに気づかれなければ執拗《しつよう》に同じ言葉を繰り返したり、解釈違いのファンがいれば論破目的でレスバをしかけたりと劣悪なマナーが目立っていた。

業が怖《おそ》れたのは、そんな男が乃亜以外のVTuberに粘着したときだ。

「おまえ、悔しかったんだろう？　なこるは乃亜のようには構ってくれないもんな？」

業は蔑んだ目を向け、皮肉を言う。

ネクロは歯をガチガチと鳴らして唸《うな》った。

「乃亜を推していたときからそうだった。おまえは乃亜を応援していたんじゃない。古参の自分に酔って周囲にイキってただけ。そんな自分が乃亜の転生先と噂のVTuberの古参にはなれず、構ってもらえなかった。それが悔しくて、ファンから金を巻き上げて嫌がらせしたんだ！　そうだな？」

「ぐ、うぅぅ……ぅぅうう」

ネクロは瞳を小刻みに揺らしながら唸り、肩を震わせて下を向く。

業は糾弾を続けた。

「おまえの考えなんて手に取るようにわかるさ。ファンを荒らすだけにとどまらず、お次はその魂にストーカー行為！　そうまでしてなこるに構ってほしかったんだな」業は烈火のごとく批難する。「馬鹿が……。星ヶ丘ハイスクールはアイドルグループだった。みんな大好き。みんな一緒。そうやってファンを増やすVTuberと、ガラメみたいに一芸で人気を集めるVTuberの違いもわからないか？　そもそもが勝手に理想を押しつけていただけなのに、その過《あやま》ちを認めず、しまいには六翼なこるを燃やそうとした！　魂を追い立てて、ひたむきにVTuberとして頑張っていこうとする、無垢《むく》な魂を脅そうとした！」

業が一歩踏み出す。その威勢は業火《ごうか》をまとうかのようだった。

燃えている。VTuberを燃やし続けた業が、いまでは自身の魂を燃やしている。そのあまりの気迫にネクロは尻餅をつく。「ひっ……」

業は背後を指差した。

「見ろ！」人差し指は外壁ビジョンへ向けられる。

『皆の者、ごきげんうるわしゅう～。ガラメトリア所属、絶滅天使の思念体、六翼なこるだよ』

また街宣広告が始まった。軽妙な音楽が夜の街にこだまする。

あの動画は、夜八時から九時の一時間、十五分おきに十五秒間放映される。

「おまえはあの子が本当に乃亜の後釜になると思ったのか？　声が似てるって、ただそんな理由で？　おまえは乃亜の声だけが好きだったのか？　違うだろ。おれは乃亜の優しさも仕草も不器用な言葉選びも……っ！　ぽんしたときの誤魔化し笑い、歌もゲームも下手だけどまっすぐでファンを安心させるためにちょっと背伸びする、そんな乃亜のすべてが好きだった！　だけどネクロ、おまえは声だけかっ！」

業は叫び、ネクロをなじった。

「所詮、おまえはその程度だよ。ノア友失格……いや、それだけじゃなく無関係なVTuberに危害を加えたんだ。VTuberファンの風上にも置けやしない」

業はネクロに怒気を孕《はら》んだ侮蔑の目を向けた。

「謝れ」

「……っ」

「まずなこるに。それからファミリアにもだ！　誠心誠意、謝罪しろ！」

――謝罪しろ。

ざわ、と全身が総毛立つのを業は感じた。何者かに喉をきゅっと締めつけられ、闇に引きずり込まれるような感覚が業の意識を過去へと飛ばす。

――はぁっ……はぁっ……！　乃亜ちゃんが……っ！

誰かが息を切らしながら言う。そのあとの言葉で、業の世界は凍りつく。

推しは蒸発し、すべてを失った。運営からもその終わりを告げられた。けれど、死んだと思っていた推しはずっと不名誉な罵声を浴びせられていたのだ。

――謝罪しろ。見知らぬ誰かがそう叫び、文字の暴力で推しの女を殴りつける。

業はそれをすべて飲み干した。画面の中の推しが健気《けなげ》に微笑《ほほえ》む。

〝だいじょうぶ、大船に乗った気でいてっ！〟

業は返事をした。

〝いいんだよ、乃亜ちゃん……。おれが全部、なんとかするから〟

船首で微笑む女神のために、業は舟をこぎ続けた。推しの安寧を求め、飛び込んだのは空虚の海。火種を探せば探すほど、誰かの罵詈雑言《ばりぞうごん》が耳朶《じだ》に張りつき、脳で反響し、心を黒く染めていく。そのぶん、髪は白んだが。

それでも業は、自分こそがその炎上の末路に始末をつけなければならないと思った。

でなければ乃亜は――煌《きら》めくステージで舞い踊ったスターは、怪物としてVTuber界に語り継がれることになる。業火と嘲笑の渦の中で。

「っ……」胸を刺すような痛みを感じ、業は呻《うめ》いた。

自ら言い放った言葉がトラウマを掘り起こす。

いまは日和っている場合ではない。業は首を振り、正気を保った。

ネクロが喘鳴《ぜんめい》まじりに叫ぶ。

「俺は、あの頃を……乃亜ちゃんとの日々を取り戻したかっただけだ……ッ！」

「赤の他人に理想の乃亜を押しつけてか？」

「うるさいッ！　なこるは夢叶《むかなえ》乃亜の後継者だ。意志を継ぐ存在なんだ！」

「……っ！」業は眉根を寄せて言う。「いい加減にしろよ。おまえみたいなやつがなこるに粘着するから、あの子はいつまで経《た》ってもVTuberになれないんだろ！」

戸惑って唖然とするネクロ。――こいつは何を言っている？

業はVTuberの在り方について、独自の哲学を持っていた。

生身のYouTuberと違い、VTuberは画面の外には出てこられない。ガワのまま、下町に繰り出して話題のスポットを訪れることもできない。――「こんにちは。私のことを知ってますか？」ができない。彼らはバーチャル世界の住人で、ファンとの接点は配信画面かメタバース空間に依存している。ＡＲ技術が使える場所もまだまだ限定的だ。

それゆえ彼らは、生身で活動する配信者より〝ファンありき〟の存在だった。

「いいか、ネクロ。VTuberは一人ぼっちじゃただのマスコットだ。だけどファンがいるからVTuberになれる。リスナーとの掛け合いで個性ができ、一つの存在として認知される。あいつらがファンを認知するんじゃない。おれたちが、認知するんだ！」

ネクロは金槌《かなづち》で殴られたような気分になった。

「おまえがなこるを乃亜にしようってんなら……いいさ、好きにしろ。だが、おれがそのすべてを否定してやる。あの子は乃亜じゃない。そして、おれがあの子を六翼《りくよく》なこるにする。それが最愛の推し――夢叶乃亜を守るってことだ」

「黙れ……。黙れ黙れ黙れェエエエ」

ネクロはやおら腰を上げ、血走った目で業に吠《ほ》える。

「おまえは乃亜に会おうともしなかったくせにぃぃッ！」

「まだ罪を認めないか」業の反応は冷ややかだ。

反省の色を見せないネクロに、業《ごう》はいよいよ最終手段に出る。

威勢よく振り上げた業の手にはスマートフォンが握られていた。

「おれは何度も警告したからな、ネクロ」

「……？」

スマホには【燃えよ、ぶい！】の更新画面が映っていた。

ボタンを押せば最後、下書きされた記事が更新され、連動したＳＮＳには一斉に更新通知が行く。その記事で、ネクロ万酢は社会的に死ぬのだ。

晒《さら》し上げた張本人である苅部《かるべ》業も一緒に。

ノア友の罪過は、身を賭《と》して粛清しなければならない。芽は摘まなければ、推しの死は荒らされ続けるのだから。

業は覚悟を決めた。

11

「連絡があったのは、つい昨日のことですよ」

PARCOの外壁ビジョンを見上げ、清々《すがすが》しい表情で米良《めら》は言う。

渋谷の事務所からここ池袋まで、マネージャーの米良も付いてきてくれた。

「何事かと思ったら、ファンの方から登録者十万人をお祝いしたい、と。……綺麗《きれい》ですよね。私もこの業界は長いですが、あんな広告は初めてで。公式でも使おうかしら」

「……」

菜子《なこ》はただ、呆然《ぼうぜん》として目の奥でじわりと広がる熱に耐えていた。

喧噪《けんそう》の街に舞い降りた静謐《せいひつ》なVTuberは、まるで本物の天使のようだ。それが自分自身だとはとうてい信じられない。この日、菜子ははじめて六翼なこるに出会った。

「Twitterもこの件でざわついてますよ」

見ます？　とスマホを傾ける米良に菜子はぶんぶんと首を横に振った。

確認しなくてもわかる。中央分離帯ではしゃぐなこファミリアは、放映された広告を撮影し、意気揚々とSNSに流している。

〝魂の特定〟から始まったトレンド入りは人間以上に良識なアルゴリズムの手腕によって『ビジョン広告』『センイル』という関連ワードへと導かれた。

ネットの話題は池袋で起きた珍事に、すっかり上書きされている。いまはただ、そんな奇跡を遠くから見守っていたかった。自分のことで無邪気に喜ぶファンの姿も。

「あぁ……。ぼくは……」

「いまので二回目ですね。あと二回流れるそうですよ」

「……不思議な気分、です……」菜子は目を真っ赤に腫らして言った。

これは何かの魔法だろうか。

つい先刻まで菜子は、六翼なこるに憎しみすら抱きかけていた。

Girl.A.Mentoria
六翼なこる
Rikuyoku Nacol

自己表現のためと始めたVTuber活動のせいで怖い思いをし、不特定多数の目に生身の自分を晒されかけ、インターネットのオモチャにされようとしていたのだから。

それがいったい、どういうことだろう。

なぜ涙は止まらず、あのVTuberの魂になった自分が誇らしくてたまらないのだろう。

涙を拭くうちに、三度目のプロモーション動画が流れ始めた。

そこに映る天使は、確かに夢叶乃亜《のあ》ではなかった。——乃亜だと吹聴する者が現《あら》われたとしても、なこるを大好きなファンの存在がその反証だ。

菜子はファミリアに心の中でありがとうを叫んだ。

12

人を呪わば穴二つ——。

業も【燃えよ、ぶい！】を始めたとき、その言葉が脳裏を過《よぎ》ったものだ。

なればこそ、なこるを燃やそうとしたネクロが燃やされることは因果応報であり、それは業自身にも返る言葉だった。

「燃やされる覚悟はできてるんだろうな、ネクロ」

「……なにを……するつもりだ……」

「誰かを付け回していたのは、おまえだけだと思うか？」

その言葉の意味を理解し、ネクロは青ざめた。

「ずっと尾行していたんだ。……骨が折れる作業だったよ。だが、おかげで家の住所と職場を特定した。たっぷり動画も撮ってある。おまえがなこるにしたようにな」

「あぁ……あああ……っ」ネクロは気が触れたように喘《あえ》いだ。

「ネットで何の影響力も持たないおまえみたいな奴《やつ》を晒したところで、誰も興味なんかないだろうが……」業は肩をすくめる。「詐欺を働いた〝死神〟ならどうだかな。ネットには正義に飢えたSNS中毒者が、涎《よだれ》を垂らして獲物を待ってる。そこに住所と職場という餌も一緒にばらまかれたら――」

あとはわかるな、と業は冷ややかな目を向ける。

これは諸刃《もろは》の剣だ。住所と顔写真を晒すのは、さすがにラインを越えている。

風向き次第では業が批難され、最悪、逮捕や訴訟に繋《つな》がるだろう。だが、そうまでしても業はネクロを断罪するつもりだった。最愛の推しはもういない。高校も休学――半ば退学状態だ。もう自分には失うものが何一つないのだ。

それより夢叶乃亜を守ることのほうがずっと大切だった。

「や、やめろっ！　やめろぉぉおお！」

「おれとともに死ね、ネクロ。——その魂を捧《ささ》げろ」業は淡々と言う。

この男ならやりかねない。表情が凍りついていたとしても、心の中では炎を燃やし、処刑人に徹する。これこそが死神の所業だ。

業はスマートフォンを握る拳を、さらに高くまで持ち上げた。

きらりと光るそれは、まるで断罪の刃だ。振り下ろせば最後、二人の死神は互いに首を刈り取られ、死を迎える。そうして大切なものを守ることができる。

業は刃を振り下ろした。そのとき——。

「……っ」

手が止まる。何者かに腕をつままれ、一瞬の躊躇《ためら》いのあと、しっかりと腕を摑《つか》まれた。

業は反動でスマートフォンを落とし、からからとそれが転がっていくのを見た。振り向くと、そこには目をぎゅっと瞑《つぶ》り、必死に業の腕を摑む海那《みな》がいた。

「もう、やめてください……」

「ミーナ。なんでここに？」

「なこえるの十万人記念……。すっかり話題になってますよ」

思えば、もう三回も『六翼なこるお祝い動画』は放映された。最初にTwitterでトレンド入りしてから三十分以上が経過したということだ。海那が事態に気づいて、池袋へ来るまで十分に時間があった。

「なにしてる。邪魔をするな」

「だめです」

海那は目を開け、きっと細めて業を見た。

およそ海那らしくない言動に業は面食らって口を噤《つぐ》む。

「わたしは知ってます。本当のカルゴさんが、どんな人か……」

「……本当のおれ、だと？」

業は海那が言い出したことの意味がよくわからなかった。きっと、本当は優しい人だとか、そんな生温《なまぬる》い言葉で断罪を止《や》めさせたいのだろうと業は思った。

「なにを勘違いしているか知らないが、おれは乃亜に信仰を捧げると誓ってからずっとこうだ。乃亜のためにも、あそこで地べたにへたり込む男の悪事を晒し上げる。そして、刺し違えてでも乃亜に仇《あだ》なす奴らを全員粛清する。ノア友の悪事ならなおさらだ。乃亜を侮辱するやつは許さない。それがおれの――」

言いかけたところで、海那が口を挟む。

「最後の推し事ですか？」

「……」気圧《けお》された業は冷静になって言う。「……そうだ」

「最後にはさせませんよ。わたしが」

「なんだって？」

「これで最後にはさせない、って言ったんです」海那が詰め寄った。

「ミーナ。乃亜はもうどこにもいないんだ」自嘲気味に業は反芻《はんすう》する。「……あぁ、どこにもいない。VTuberとしても、生身の配信者としても。ずっと探し回ったけど見つからなかった。このおれが探してもだ。その意味がわかるか？」

「……わかってますよ」

「だったら、その馬鹿みたいに震えてる腕を離せ。……いい加減、おれももう疲れた。あそこにいる連中を見ろ」

業がラスト一回の動画広告を待つ、なこファミリアたちを一瞥《いちべつ》した。

「楽しそうだろ？　推し活ってのは本来あぁいうもんだ。おれや後ろのあいつみたいに過去に囚《とら》われた亡霊が邪魔しちゃいけない。これから生まれるVTuberのためにもな」

海那が大きく息を吸い、全力で否定した。「カルゴさんは間違ってます！」

業が驚いて目を見開く。

「邪魔しちゃいけない？　……逆ですよ。カルゴさんは必要です。これから先、新たに活動していくVTuberのために、あなたが必要です。これまで何人のVTuberがあなたに救われたと思いますか？　わたしだって――あっ」

業は海那の腕を払う。

「おれが救いたいのは乃亜だけだ。わかったら武器を拾わせてくれ」

スマートフォンが落ちた地点へ業は颯爽《さっそう》と歩いていく。

海那は、あっと声をあげ、恥辱に耐えるように顔を赤らめる。

そしてついに覚悟を決めた。自らのシャツの裾に手をかける。


「――そ、その〝武装〟はよろしくないですねっ！」


「……？」ぴたりと足を止め、振り返る業。

「今日は何の日ですかっ？」

「今日？　なにを言って……」

「そう、わたしというVTuberが生まれる記念日。カルゴさんが破滅する日でも、なこえるをお祝いする日でもなく――新人VTuber『水闇《みずやみ》ガーネット』がデビューする日です」

海那の声は震えていた。

池袋駅前の雑踏の中で懸命に何かをしようとしている。

「みずやみ……ガーネット……？」

「つまり、今宵《こよい》にふさわしい武装はっ――！」

海那はばさりとシャツを脱ぎ捨てる。封印を解かれた海那のシャツ――二枚重ねをしていたようだ。そこには、深紅の下地に手書きで大きく『単推し』。――これからそうなることを願って書かれたものだ。

手首には赤く光る腕輪がじゃらりと現われる。海那は腰に手を回し、隠していた赤のサイリウムを二本、両手で掴む。それがぼうと光を帯びた。

交差させた光る棒の向こうから、海那が真剣な眼差《まなざ》しで業《ごう》を見つめていた。

「これこそが、現場に臨む戦士の武装――ですよね？」

「……」

それはいつかの焼き増しだ。

あの日、海那が初めて出会った業の姿だった。

公衆の面前で、それが海那にとってどれほど恥ずかしいことか想像に難《かた》くない。

横断歩道を渡る通行人も奇異の目を向けている。

「なにをやっている……？」

「カルゴさんこそなにしてるんですか？　ほら」

海那は近づき、無理やり業にサイリウムを摑ませる。

赤は乃亜のカラーだったはずだ。

「それはガーネットのサイリウムカラーです。ガーネットは大洪水の日、ノアの方舟《はこぶね》が迷わないように希望の光を照らした深紅の宝石。その光で、わたしが全部上書きします。カルゴさんがつらかったこと、苦しかったこと、怖かったことも全部、深紅の光で炎の色を塗り潰します。――最後になんて、させませんから！」

海那は真っ直《ます》ぐ業を見て言った。そしてスマホの画面を業に向ける。

「それじゃあ、いまから流す動画にエールを送ってください。得意でしょう？」

「なんでおれが……っ！」

「いいから！　わたしが教えますので！」

海那は有無を言わさずに言い放った。

動画が始まると、水闇ガーネットの立ち絵一枚が雑に貼られた画面に、イントロが流れていく。曲は最近流行《はや》りの、デビュー時にVTuberがよく歌うものだ。

突貫工事で収録したのだろう。その音質もひどいものだった。

「ふんふんふんふん……♪　……ここですっ。突き上げ四回。一、二、三、四ー。腕を振って〜。らーらーらーらー♪　手でハートっ」

海那は羞恥に耐えながら必死に馬鹿げたことをやっていた。

池袋駅前で突如として始まった金髪美少女の奇行に、いよいよ通行人も足を止め、なんだなんだと野次馬ができはじめる。YouTuber？　Tiktoker？

野次馬は呟《つぶや》き、可憐《かれん》な女の子のオタ芸を観劇しはじめた。

「もうワンフレーズきますよーっ！　突き上げ四回。一、二、三、四ー。腕ふって〜、からの、らーらーらーらー♪　手でハートっ」

水闇ガーネットの歌声が流れ出す。音源のmix作業も省いたのか、ただのBGMに声が載ってるだけだ。そんな低品質な動画を前に、業はもどかしさを感じていた。

動画の品質だけじゃない。

なにより、海那のキレの悪い振り付けを見て、うずうずする。

「なにやってんだ。そこはそうじゃないだろ。こう――」

そこで業ははっとする。やりたくもないのに、なぜか自然と手首のスナップが利《き》き、サイリウムが舞い踊る。足のステップも軽やかだ。どうして体が勝手に……。

「はいサビがきます！　一、二、三――ご一緒にっ！」

海那は観衆の存在にも慣れてきたのか、動きのぎこちなさが消えた。

息が荒れ、汗もかき、体を張って何かを伝えようとしている。小さな画面の向こう側にいる、今日デビューしたての新人VTuberを通して——。

それはクオリティを語ることすら烏滸《おこ》がましいほど、稚拙で質の低いVTuberだ。

3Dでもなければ2Dとも言えない。一枚の絵を貼り付けただけの、まだ動けない生まれたての赤子。これでVTuberです、と言えば鼻で笑われるかもしれない。けれど、かのレジェンドが「本人が名乗ればVTuber」と定義した以上、海那がそうだと言えばVTuberだ。

業は戸惑いながら、この滑稽な遊戯に付き合わされていた。

なんと遠巻きにいた六翼《りくよく》なこるのファンでさえ、海那に対抗意識を燃やしはじめた。ラスト一回の外壁ビジョンの放映に備え、どこから持ってきたのか、六翼なこるのカラーである白のサイリウムを出し、ぶんぶんと振り回していた。

その熱気に当てられ、業の喉を締めつけていた冷たい何かが蒸発していく。

氷解した脳裏から大切にしまっていた思い出が溶け出した。

〝はじめましてっ！　私は星ヶ丘ハイスクール二年B組の夢叶《かなえ》乃亜《のあ》。私の声が聞こえるかな？　聞こえたのなら、あなたはもう私と同じクラスメイト～。よろしくね〟

〝ファンネームは『ノア友』っ！　友達百人……ううん。百万人つくりたいっ！　それが私の夢ですっ！　きみもたくさんノア友つくって私を応援してね。そして楽しい思い出をいっぱいつくろうね！　この夢、一緒に叶《かな》えるぞーっ〟


水闇ガーネットの歌ってみた動画がラストサビ前の間奏に入り、動きが止まる。

業は彼女の夢を見ていた。

叶うのことのなかった夢の続きを——。

「ふぅ……。ここの間奏は休憩タイムです」海那《みな》は自分の腕を揉《も》みながら言う。

「知ってるさ」

「どうですか、カルゴさん？」

「……何がだ」

「言ったでしょう？　わたしは、本当のカルゴさんを知ってるんです」

〝だから、この夢が叶うまで、私をずっと見ててほしいな。きみがいるから私がいるように、その逆もそう。私がいれば、あなたも安心でしょ？　もし自分を見失って悩んだときには――〟

「わたしが、あなたを見つけてみせます」

「……」業は膝から崩れ落ちそうになった。「ああ……」

「さぁ、ラスサビいきますよーっ！」

海那が威勢よくサイリウムを振り上げる。

その姿を見て、業は探し求めていた答えに辿《たど》り着いた。

これが巡礼の旅の終わりだ。海那と呼吸を合わせ、彼女のスマホの中だけに現《あら》われた謎の新人VTuber水闇ガーネットを応援させられ、答えを得た。

踊り、叫び、推す。それ自体を楽しむということ。

最愛の推しがくれたその想《おも》いは、そこに継承されている。

――これこそが、夢叶乃亜の魂だ。

「そこに、いたんだな……。乃亜ちゃん……」

業は乾ききった硝子《ガラス》の瞳から、丸い雫《しずく》がこぼれるのを感じた。

夢叶乃亜の魂は死んでいない。業の中で、海那の中で生き続けている。姿が見えなくても、乃亜はいつも二人の傍《そば》にいたのだ。

最後の伴奏が終わり、様になってない不思議なポーズで止まる海那。観衆からも拍手が上がっていた。「カワイイ～！」そんな感想が投げられる。

呼吸を整えた海那は清々《すがすが》しい目で業を見ていた。互いに言葉はない。海那が差し伸べた右手を業が摑《つか》むと、頼もしいほど力一杯、引っぱられた。

「どうですか？　この子は推せますか？」海那が問う。

「ああ、これは推せる……。推せるよ」

海那はにこりと微笑《ほほえ》んだ。業は続けて何かを言おうとしたが、呪縛から解放された反動で言葉にならない。代わりに誰かが呻《うめ》いている。

「……うっ……うぅっ……うう……」

後ろを振り返ると、ネクロ万酢が鼻先を地面につけるほど頭を垂らして泣いていた。推し活の熱気を浴び、業と同じ思いに至ったのだろう。縋《すが》るように涙や鼻水を垂らし、渇望《かつぼう》を悲しみへと昇華している。

一歩間違えれば、業もあんな風になっていたかもしれない。けれど荒羅斗《あららと》カザンという贖罪《しょくざい》の沼から、苅部《かるべ》業を引き上げるVTuberが現われたのだ。いま、目の前に。

単推し
ビックカメラ
イケサンパーク →
南池

業はネクロを晒《さら》し者にするための記事は、闇に葬《ほうむ》ることにした。

暴走を止めてくれた少女に涙をこらえて言う。

「……ありがとう」

「え?」海那は目を丸くさせた。「いま、なんて言いましたっ……?」

聞こえたけれどもう一度、と言わんばかりの爛々《らんらん》とした目で海那は聞き返す。

「だから――」業が再び言いかけたとき、わっと悲鳴が上がり、蜘蛛《くも》の子を散らすように白いサイリウム集団が方々に逃げ去っていく。

誰かが叫んだ。「やばいやばい、警察きた」

ひょっとすると嫌悪《けんお》感を抱いた通行人が通報したのかもしれない。いまどき、都の迷惑防止条例の冷酷さにはぞっとするものがある。

業が海那を見て、海那も業を見た。

「おれたちも撤収だな?」

「むぅ、良《い》いところだったのに……」

「いいじゃないか」業が海那の手を握る。「これが、最後じゃないんだろ?」

海那は嬉《うれ》しそうに目を細めて言う。「はいっ」

そして二人で方舟から飛び降りた。

業《ごう》は歩道を渡って逃げる最中、残されたネクロ万酢を横目に見た。ふらふらとネクロは立ち上がり、近づいてくる二人の警官を抵抗なく受け入れている。

どうするつもりなのかは、確かめなくてもわかる。

ふと、中央分離帯という方舟の船首に乃亜の幻影が映った。

乃亜は足を揃《そろ》えて座り、こちらに笑顔で手を振っている。業は推しが託したものを二度と離さないよう、海那の手を強く握った。

13

デフォルメされた六翼の天使がぱたぱたと羽ばたき、途中で転び、また起き上がっては羽ばたく――。待機画面のあとで黒髪の天使が現われた。

心なしか、その眼差《まなざ》しは以前と比べると自信に満ち溢《あふ》れている。

『なこファミリアの皆の衆、ごきげんうるわしゅう～！　六翼なこるだぞ』
○きちゃあー！
○きゃーなこるーん
○初見です。こないだのトレンドで知って来ました
○こんえる～

『今宵夜更《こよいよふ》けのお供に【よふえる】のはじまりはじまり～、だよ。ハッシュタグ、よ・ふ・え・るでツイートを、よろしくお願いしま～す』

○なこえる最高
○こんばんはー
○毎秒ツイートしてる
○Hi, Naco!
○声かわいいですね
○【¥2000　なこえるあらためてチャンネル登録十万人、V祭出演、トレンド入りもおめでとうございます！　先日見たデジタル広告企画、参加できなかったのでこの場で……！　あんなに愛されてるんだって感動しました！　これからも応援してます！】
○ありゃたまげたなぁ
○ツイッターで見てFamのパワー感じた
○自分も次は参加したい！
○どうせすぐ二十万人になるしな

『……うん。あれね。ぼくもびっくり。あ、スパチャありがとう。参加しなかった人のことも考えて、ぼくから話すのは避けてたんだけど。せっかくだし、お礼だけ。あの件ほんとにありがとう。ぼくも感動して、人間たちから元気と勇気をもらったよ』

○なこえるも見てたの？

○ツイッターで拡散された動画ででしょ？

○近くで叫び合って喧嘩《けんか》してる人いたらしいな

○花金の池袋なんてそんなもん

○最後警察きたとか聞いて草生えた

○あれほんと楽しかったw

○対抗意識もやした謎の赤サイリウム二人とかな。カオスだった

○昔の秋葉原のノリや

『えっと……ぼくは天使だからね。どこにいても自分の情報は筒抜けなんだ』

一昔前と比べるとVTuberの振る舞いについて運営の縛りが厳しくなりつつある。公式がファンによる非公式企画について言及すると荒れることもあるため、菜子《なこ》は運営と相談の上、池袋で目撃した奇跡の魔法は胸に秘めることにした。

『あんな風に、みんなも好きなように六翼《りくよく》なこるを楽しんでね。……はい。それじゃあ、みんなが大好きな夏も中盤。そろそろあのコーナーにいこうと思うよ。――【夏に舞い降りる天使なこえる～！】のコーナー！』

○８８８８８８８８
○いえーい
○催眠魔法きた
『初見さんのために説明すると、いまからASMR朗読をはじめるぞ。コメントは拾えなくなるから注意してね。寝落ちも歓迎。寝苦しい夜にぼくの清涼感あふれる声で人間たちに安眠を届けようってコーナーだよ。……というのは建前で、全部ぼくの趣味なのだが』
○草
○なこえるの趣味、気になります！
○素敵な趣味をお持ちで
『今日朗読するのは、あらためてだけど【夜に鳴く鴉《からす》】にしたい。ちょっと思うところがあって。このお話、ぼくにとっては特別なんだ』
○ええんやで
○前回寝落ちしたので再読助かる
○awesome:) U feel so cool
『じゃあ、はじめるよ』
紙の擦れるガサゴソとした音がする。そして物語は語られた。はらり——。

『――〝真夜中にふと悲惨な記憶が戻ることはないかい？

ぼくはその日、すっかり弱りきって、夜には別れた恋人のことばかり考えていた。

窓の隙間から吹き込む風も、ひどく蒸し暑い。そんなとき、戸を叩《たた》く音がした。トントントン、と。

窓を見ると、やってきたのは一羽《わ》の鴉。

ぼくが窓を開けると鴉は突然、部屋に入ってきて言った。「二度と会えないよ」

鴉は惨《みじ》めなぼくを笑いに来たのかと思って追い払った。

でも、来る日も来る日も鴉はやってきて、何度も「二度と会えないよ」と繰り返す。

これにはぼくもうんざりした。だってそうだろう？　一人でいても恋人のことが頭から離れないのに、突然あらわれた黒い羽の迷い鳥が、ぼくにとって耐えがたいその残酷な現実を、声に出して突きつけてくるのだから。

いつしかぼくは、その鴉は別れた恋人の放った使者だと思うようになった。

それならこの鴉は、ぼくの言うことを彼女に伝えてくれるかもしれない。

ぼくは何度も何度も「会いたいよ」と声をかけ続けた。

鴉はこくりとうなずき、ぼくの部屋から飛び立つ。

ひょっとすると、もう戻ってくることはないかもしれない。部屋に一人でいるぼくは、気づけば恋人のことより、鴉のことが気になって眠れなくなっていた。

無事に目的地まで飛べただろうか。

鷹《たか》に襲われてはいないだろうか。

それから、何日経《た》っても鴉が帰ってくることはなかった。

二度と会えないと言っていたことが頭に残っていたぼくは、鴉を追い払ってしまったことも悔やむようになった。

どうしてひとは日常の中で、別れは一つではないと気づくことができないのだろう?

ぼくは自分の殻に閉じこもるうち、すぐ目の前にいて、ぼくをまっすぐ見てくれる大切な誰かを見落とすような、愚かな人間の一人だ。

それを鴉は教えてくれたのだ。

悔やみ、悲しみ、ぼくは繰り返し言った。「会いたいよ。会いたいよ。会いたいよ」

すると戸を叩く音がした。トントントン。

ぼくは窓のほうを見て、そこにいる黒い鴉を前にして涙を流した。

窓を開けると、鴉は部屋に入ってきて言った。「会いたいよ」

――ああ、ぼくもだよ。

ぼくは鴉を大切に抱きかかえて、ようやく深い深い眠りについたのだった〟』

六翼なこるは深呼吸して、本をぱたんと閉じる。

すっかり流れが穏やかになったチャット欄を視線でなぞり、そこにいるファミリアの存在をしっかりと目に焼きつけた。

『――【夜に鳴く鴉】、でした。

これにて六翼なこるの朗読劇場はおしまいおしまい～なのだ。皆の衆、いつもありがとう。きみたちがいるから、ぼくがいる。ぐっすり眠るんだよ。おやすみなさい』

Epilogue　- きみがいて夢になる -

　その日、苅部《かるべ》業は何億年ぶりかの朝の陽光を楽しみながら、部屋の床、窓、サッシの隙間などを隈《くま》なく磨き上げ、掃除に勤《いそ》しんでいた。

　朝の活動がこれほど精の出るものだと感じたことは、実に一年ぶりだ。

　掃除を終え、四角い大型クッキー缶の中身をテーブルに広げると、それらを一つ一つ丁寧に畳んではまた仕舞いなおした。

　——夢叶《むかなえ》乃亜《のあ》の公式グッズだ。イベント限定グッズ。ハーフアニバーサリーグッズ。それから、ファーストソロライブ記念グッズ。

　それらを仕舞いなおすたび、業は夢叶乃亜と過ごした一年間の自分を見つめ返した。

　これは乃亜推しカルゴの軌跡だ。

　大切にしなければならない自分自身だ。その勲章の数々だと思えば、青春を星ヶ丘ハイスクール運営に捧《ささ》げて手にした、これら戦利品が誇らしく思えた。

「さて……」

　業は立ち上がり、ノートパソコンを見やる。

目覚めたらまずパソコンに向かうのが、ここ一年の業《ごう》の日課だ。

体のほうはどうにもその習慣をやめられず、デスクチェアに向かわないと、うずうずするようになっていた。

「……」業は無理に視線を外し、首を振った。

ちょうどそこでスマホの着信音が鳴る。

応答するやいなや、はつらつとした声が耳に届く。

『おはようございま～す！　起きてますか～？』

「おはよう」業はそのモーニングコールに爽やかに返事をした。

『え、その声……ちゃんと起きてる⁉』

「二時間前からな」

『わ、わたしより早い……』

「おれはやると決めたことは徹底的にやるタイプだ」

『……』通話相手は笑みをこぼし、間を置いてから言う。『知ってますよ』

業は通話を切り、支度をして家を出た。

すずめの鳴き声。涼やかな風。赤みを帯びた朝日。新鮮な空気を吸い込んでアパートを出て行くと、道端には狙い澄ましたように海那《みな》がいた。

「おはようございま〜すっ」

「……」業は海那に白々しい目を向ける。「さっき挨拶しただろ」

「えー、なんのことでしょう？　ミーナとしては、今日これが初めてですよ？」

海那はとぼけたように秋晴れの空を仰ぐ。それからとびきりの笑顔で業を迎えた。

「……そうだったな。おはよう、ミーナ」

業はその海那の小憎らしい挨拶のやり方に、いやな気もせず付き合っていた。

モーニングコールは水闇《みずやみ》ガーネットからだった。バーチャルの存在である彼女がカルゴと接することができるのは、スマホやパソコンからだけだ。

この妙な二面性を兼ね備えたところがVTuberらしさでもある。

海那という魂からすれば、毎朝二度、業に「おはよう」と言えることが嬉《うれ》しくてたまらないらしい。非効率だと思うこともあるが、業はそんな海那という人情味あふれる魂のことが気に入っていた。そこが推せるポイントだ。

海那と一緒に駅まで歩き、電車に乗り込む。

運良く座席も空いていた。二人で並んで座り、業は流れる朝の景色を車窓から眺めていた。海那は業にひっつきながらiPhoneでニュースフィードをチェックしている。

「あっ……」海那がなにかを見つけ、つい声をあげる。

「……？」

「また炎上事件があったみたいでして……」

「VTuberのか？」

「はい」

業は、またかと心の中で呟《つぶや》いた。

炎上はあらゆる界隈《かいわい》で起こる。芸能界はもちろん、政治、スポーツ、企業、エンタメ、クリエイター等々、小さな火種も合わせれば、枚挙にいとまがない。業の生活圏ではどういうわけか、VTuberの炎上ばかり際立《きわだ》って報じられているように思えてならなかった。

今回の炎上はいったいどういった類いのものだろう。

運営の不手際《ふてぎわ》？　リスナーの粗相？　はたまた魂の醜態だろうか。

「カルゴさん……」海那は不安げな目で業を見上げる。

相変わらず宝石のような綺麗《きれい》な瞳だ。海那がなにを言いたいのか、業は察していた。

「はぁ……。また不遇なVTuberが現《あら》われたってわけだ」

業は夢叶乃亜のことを想《おも》う。

VTuberの炎上を耳にするたび、想わない日はないだろう。

ここは楽しんで推す界隈だ。VTuberとそのリスナーの両者が存在してはじめて成立する双方向のエンターテインメント。そうして推しの幸せを願い、その先に夢を見る。

何者かが好き勝手に、その夢を奪い取っていいわけがない。

そんなビジネスライクに売り捌《さば》かれるVTuberの終わりに真っ向から抗《あらが》うため、業が買い取るのだ。それが夢叶乃亜の意思《たましい》を受け継ぐということ――。

業は決然と、流れる車窓の景色を見ながら言う。

「――おれが買い取ってやる」

突然の決意表明に、海那は目を瞬《しばた》かせた。

「買い取る、ですか？」

「VTuberの末路を……そのエンディングを買い取る。そういうことだろ、おれの役目は」

海那は複雑な表情を浮かべ、心許《こころもと》なく業の服の袖をつまんだ。

「まぁ」業はその指に手を重ねる。「……その前にやることがあるか」

業は海那の手を取って自らの腕を上げる。高校の制服の袖がずり下がった。

「今日は学校に行く日だ。この武装は、そのためだからな」

海那は目を細め、ほっとしたように笑顔を見せた。

「はいっ。――復学おめでとう、カルゴさん！」

あとがき

本作を手にとっていただき、誠にありがとうございます。

執筆《しっぴつ》にあたり、多くのかたがたの支えがなければ、きっとこの物語は私の中に吹きだまった VTuber 界隈《かいわい》への情念の一つとして、形になることなく終わっていたと思います。

まず、長い付き合いになるネットの隣人たちへ感謝を捧《ささ》げたいと思います。これまで見守ってくれてありがとう。つかず離れずの距離感でいてくれたおかげで、あなたたちが心の拠《よ》り所になってくれていました。そして、応募時の爆弾めいた原稿に惚《ほ》れ込んでくださり、刊行に向けて尽力いただいた担当編集の小林様には感謝し尽くせません。物語の核を私が見つけられるように力を貸していただいたことを心より御礼申し上げます。校正や営業部のかたがたも、丁寧なお仕事ぶりに感謝を申し上げます。富士見《ふじみ》ファンタジア文庫というの最良のグラウンドで本作が形になったことを誇りに思います。

ファンタジア大賞の選考委員の先生方、《大賞》という箔《はく》付きでこの情念の結晶を世に送り出せることに感謝の思いでいっぱいです。誠にありがとうございました。

それから担当イラストレーターのTiv先生、あらゆる意味でイラストレーター殺しの本作を担当していただき、誠にありがとうございます。先生から内諾《ないだく》のお返事を頂いたときには嬉《うれ》しさとともに作品内容的に申し訳なさがあったことを認めます。しかしながら、ラフを頂いたとき、「はじめからこのデザインと決まっていたんでしょうね」と作者らしからぬ謎の感想を漏《も》らすほど、圧巻のイラストを前にして惚れ惚れしました。

さて、本作についてですが、VTuber文化はリアルとバーチャルの架け橋となるエンタメだと私は思っています。ときに配信者というフレームを飛び越え、現代の私たちに夢と希望を見せてくれます。実のところ、私もこうしてその恩恵《おんけい》を受け、夢を叶《かな》えることができました。これまでその文化をつくり上げてこられたかたがたに最大の敬意《けいい》を表します。あなたの推し、あなたのリスナーがいたおかげで私は成し遂げることができました。これからもVTuber文化が楽しいものであるように、私もがんばります。

最後に、本作を読んでくれた私の〝リスナー〟さんへ。

この物語を最後まで読んでくれてありがとう。私がどれほど感謝しているか、あとがきでは伝えきることはできません。いずれこの物語に訪れるエンディングも、あなたに買い取ってもらえたら嬉しいかぎりです。感想はＳＮＳやお手紙にて大募集中です。それでは。

朝依《あさい》しると

お便りはこちらまで

〒一〇二－八一七七
ファンタジア文庫編集部気付
朝依しると（様）宛
Ｔｉｖ（様）宛

富士見ファンタジア文庫

VTuber《ブイチューバー》のエンディング、
買《か》い取《と》ります。

令和5年1月20日　初版発行

著者――朝依《あさい》しると

発行者――山下直久
発　行――株式会社KADOKAWA
〒102-8177
東京都千代田区富士見2-13-3
0570-002-301（ナビダイヤル）
印刷所――株式会社暁印刷
製本所――本間製本株式会社

ISBN978-4-04-074847-4 C0193　◇◇◇

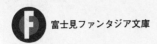

切り拓け！キミだけの王道
ファンタジア大賞
原稿募集中！
賞金
《大賞》300万円
《金賞》50万円
《銀賞》30万円
選考委員
細音啓「キミと僕の最後の戦場、あるいは世界が始まる聖戦」
橘公司「デート・ア・ライブ」
羊太郎「ロクでなし魔術講師と禁忌教典《アカシックレコード》」
ファンタジア文庫編集長
前期締切 8月末日
後期締切 2月末日
公式サイトはこちら！ https://www.fantasiataisho.com/
イラスト／つなこ、猫鍋蒼、三嶋くろね